1er RENDEZ-VOUS

Direction d'ouvrage
CATHERINE BONIFASSI

Connectez-vous sur www.editionsdelamartiniere.fr
ISBN : 978-2-7324-5134-3

MARC LAVOINE

CYRILLE PUTMAN

1er RENDEZ-VOUS

Éditions
de La Martinière

Polaroid

AVANT-PROPOS
PAR CYRILLE PUTMAN

Après ma rencontre avec ce prince de vie, né en banlieue sud, j'eus l'idée idiote de lui proposer d'écrire une biographie. Mais, même si nous subissons une recrudescence de livres de mémoires de tout acabit, nous avons trouvé que ce mot fermait, figeait les activités d'un type qui n'arrêtait pas une seconde de fabriquer de nouvelles choses ! Quelques mois plus tard, nous nous sommes revus et j'ai découvert alors par hasard et avec stupeur son travail photographique dans ce qu'il appelait sa « boîte crânienne », une chambre sur cour, calée sous les toits, où il cultivait, élaborait, soignait et protégeait ses jardins secrets. Les Polaroid® de cet homme-orchestre, complétaient parfaitement ses autres activités artistiques connues et reconnues et portaient en eux les qualités si rarement conjuguées de Marc, les trois S : sensibilité, simplicité et sincérité. Nous avons décidé ensemble de créer cette « biographie du désir », à l'opposé de ces pages noircies vantant, avec trous de mémoire incorporés, une carrière : plutôt notre vision commune de l'existence à travers ses photos et un abécédaire utilisant le texte à dose homéopathique, des mots simples traitant du quotidien de tout un chacun. L'idée de s'orienter vers un livre-objet s'est imposée très vite, un « ovni » à multiples entrées avec parfois des exercices à effectuer par le lecteur et des jeux graphiques jamais gratuits insufflés dans la mise en pages. Marc a réussi à arracher deux fois quatre jours à son féroce emploi du temps pour que l'on disparaisse tous les deux à la campagne où l'on travaillait six ou sept heures de suite, sans portable ni envahissement de la vie extérieure, celle qui vous empêche par ses multiples sollicitations de réfléchir soixante minutes d'affilée. Nous étions lovés dans de grands canapés où nous disparaissions presque. Dans ce grand salon aux murs peints en noir, sûrement un hommage à Gainsbourg, nous avons engagé des discussions à bâtons rompus, serties de mémorables fous rires, eux-mêmes ensevelis sous une tonne de blagues. Marc, avec sa simplicité complexe, a un peu « craché le morceau ». Autrement dit, il a commencé à m'expliquer comment cet appareil photographique presque instantané, ingrat et exigeant – c'est beaucoup de défauts pour le même objet – s'est incrusté dans son existence. Il est curieusement devenu petit à petit la canne l'aidant à traverser les boulevards de sa vie. D'abord Marc et moi avons un énorme point commun, nous aimons les gens : les riches, les pauvres, les intelligents, les coincés, les comiques mais aussi les cons, bref, tous les gens. À la laïque. Les créateurs en tout genre sont tous confrontés à un phénomène étrange. À la suite d'un long investissement personnel au service de leur art, le mot « fin » sous toutes ses formes crée parfois un atroce « baby blues » pouvant vous pousser dans les cas extrêmes jusqu'à sauter par la fenêtre. La conjonction de toutes ces données a permis à la pola-thérapie d'éclore. Entre ses disques et ses films, des plages de temps libre se sont dévoilées. Son goût prononcé pour les objets vintage de sa tendre adolescence – il adore les Citroën Méhari – l'a naturellement orienté vers cet appareil vulgarisé à la fin des années 1960, le Polaroid®. Il aime sa dimension artisanale comprise dans le prix. En effet, il a dû se farcir tous les trucs, apprendre à mesurer la lumière, jongler avec sa cellule pour finir avec un niveau en calcul mental de première division. Son réel altruisme l'a poussé à mettre en valeur les siens, ceux qu'il aime, ceux qu'il admire, ceux qu'il aurait adoré avoir connus ou qu'il rêverait juste de savoir vivants. Sur la pointe des pieds, il a eu l'idée des « ombres », première apparition discrète dans son propre travail. Sa fameuse simplicité complexe l'a encouragé à inventer les « faux polas », un ersatz utilisant le même format et un support identique. Là, le collage a pointé le bout de son nez. La boucle était bouclée. Ce livre est le fruit de l'imagination de deux types rêvant le monde plus drôle, plus simple et plus ludique qu'« en vrai », sans l'ombre d'une tentation de donner des leçons à Dieu sait qui, un simple échange où le désir retrouve ses lettres de noblesse.

Couloir Rivoli

Home

A

ADJANI

Œuvre d'art vivante, perle rare.

AMOUR

Forme absolue de l'illusion du don de soi. D'après saint Augustin : « L'amour de soi jusqu'à l'oubli des autres, l'amour des autres jusqu'à l'oubli de soi. »
Acte physique parfois vache, flux et reflux, mouvement perpétuel de deux personnes, parfois plus si affinités. Personnellement, seule raison d'être entre la vie et la mort.

ANTIDÉPRESSEUR

Produit de grande consommation, produit de masse qui tend à calmer ceux qui sont à la masse, voire court-jus, médias ou hommes des cavernes.
Petite pilule de couleurs variées, l'invention d'une vie en rose délavé.

ANXIOGÈNE

Mot utilisé à tort et à travers pour tenter de cerner le périmètre d'une chose qui fait mal. Complexité de deux sentiments ou d'un seul.

ART

Forme de grâce approximative, vision personnelle perçue par celui qui regarde l'état du monde dans lequel il évolue.
Sentiment flou changeant en fonction du jour, de la nuit et de la santé mentale.
Objet qui correspond à chacun d'une manière différente, comme le goût dans la bouche.
Axe du désaccord entre deux personnes dont la perception diffère qui peut aller jusqu'à la lutte gréco-romaine, voire au full-contact.

ART ET INVERSION

L'art du cumul, le cumulard.
L'art de la malchance, le scoumounard.
L'art aigri, l'égrillard.
L'art bon, le Bonnard.
L'art con, le connard.
L'art double, le billard.
L'art congelé, le Picard.
L'art de la ligne de fuite, le fuyard.

ENC-ART

NATURE
L'art est dans la nature,
tout est nature, donc tout est art.

ART-TATIN
Se dit d'un art inversé, voire à contre-courant, contestataire et transgressif, exprimant une paire de sang-froid. Art qui renverse, art à marcher sur la tête. Charlie Chaplin.

HISTOIRE DE L'ART
Art sacré, Marcel Duchamp, 1911 : de l'art ou du cochon, point d'interrogation. Là où l'art va, l'art go, l'articulé, l'art mobile ou stabile, sculpture ou peinture mécanique.

SALOPE-ART
Groupe de photographes que nous aimons réunis autour de Robert Mapplethorpe, Helmut Newton et Nobuyoshi Araki, etc.

ART-BUSTE
Morceau du corps observé à la loupe qui n'exclut pas le ratage ni le partage.

ART-CORPS
Gina Pane. Elle s'est cousu la bouche, Orlan, œuvre humaine, limite insoutenable, dite « la bête à cornes ». Forme de représentation qui secoue l'émotion jusqu'à excitation intello-sexuelle, le sentiment palpable d'une putain d'envie de baiser.

PLAC-ART
Contraire de l'art officiel. Forme d'art pénible pour les puissants, qui veulent s'en débarrasser par enfermement quasi totalitaire. Art politiquement incorrect et bêtement considéré comme subversif. Van Gogh.

BAS-ART
Art à la portée de tous, faussement désordonné, qui donne aux personnes de peu de goût la possibilité de s'y retrouver et d'y apprendre à reconnaître le vrai du faux, le bon du mauvais, le bon grain de l'ivraie.

MALAB-ART
Un art gonflé et lourd dont Botero et Niki de Saint-Phalle incarnent le mouvement à eux tout seuls.

SNOBIN-ART
L'art qui pète plus haut que son cul. Pour ne pas ruiner notre éditeur qui croulerait sous les procès, nous sommes conscients de notre lâcheté mais nous renonçons à publier la liste.

MIT-ART
L'art créé par des artistes enfermés dans des camps, en prison ou dans une institution psychiatrique, tels Zoran Music, Jean Genet.

A

ART

Quelques éternels mauvais coucheurs pourraient penser, non Marc Lavoine n'a pas étudié aux Beaux-Arts, oui son travail photographique serait la sous-couche d'une forme d'art mineur, voire juste une petite activité dilettante et privée. Si telles étaient leurs pensées, j'attirerais l'attention de ces « Messieurs Je Sais Tout », souvent ne sachant rien, sur une évidence : l'art est un et indivisible. Ce beau mot en trois lettres n'est ni privé ni public, ni riche ni pauvre, il n'appartient à personne et n'a en aucun cas besoin d'avocat, encore moins de parents adoptifs ! L'art est une démarche complètement personnelle, parfois solitaire, où l'on expérimente, où l'on se colle à cet énorme mur, cette force capable de vous pulvériser, de vous emporter dans des turbulences inhumaines pour une personne équipée d'une tête normalement constituée. Cette aventure exigeante a une autre appellation : le geste créatif.

L'unique condition pour prétendre à cette difficile mission : le choix doit s'imposer au créateur, il ne peut avoir d'autre solution existentielle. Pas question de flotter, ni d'hésiter entre des études dentaires ou emprunter la voie de l'architecture. L'acte créatif au sens le plus noble incarne la version laïque de la profession de foi, il faut y croire plus qu'au Père Noël et à Dieu réunis. Voilà pourquoi l'ego devient l'arme indispensable pour la survie du créateur face aux attaques, aux critiques, à la pensée unique, à la science infuse non ressentie.

L'Histoire de l'art avec un grand H, unique juge de paix, remet la chronologie dans le beau sens, sans se soucier de la valeur des œuvres décidée arbitrairement dans ce bas monde géré par de banals humains. Ces drôles de types, les créateurs, souvent perçus comme des farfelus, sont en fait des guerriers se battant seuls contre l'équivalent d'un monstre à sept têtes : ils confrontent leur art au reste du monde. CP

dessin tête de mort
sur Polaroïd. @.

une part d'absurde."

Art
The Moment

A

AUTOPORTRAITS

L'autoportrait est l'un des plus anciens gestes créatifs appris depuis des siècles par les artistes en herbe au sein de toutes les écoles des beaux-arts de France et de Navarre. Le narcissisme d'un auteur n'est pas décelable à l'aune de l'avantage physique qu'il se donnerait ou pas dans ce type d'exercice.
Francis Bacon, par exemple, se maltraitait dans ses images, or on sait le degré d'égocentrisme qui habitait l'auteur et secouait son œuvre.
Cet horrible défaut est indispensable à haute dose pour l'éclosion de toute grande œuvre. Comme son nom l'indique, l'autoportrait est une manière mégalo de donner de ses nouvelles au reste de l'humanité, quelquefois ébahie, souvent horrifiée ! Cette pratique, picturale depuis Lascaux et photographique depuis la fin du XIXe siècle, donne à voir une radiographie de l'état d'esprit du maître au moment des faits, s'il a vieilli, grossi ou minci.
Marc, tel un joueur de billard, utilise les trois bandes pour brouiller les pistes, une forme de vacance de son image publique, un moment où il est seul face à lui-même. Bref, l'autoportrait a toujours fait fantasmer les petits copains. Les autres créateurs, écrivains et cinéastes, n'ont pas cette frontalité sans dilution dans le temps pour se reproduire.
Voir syndrome Dorian Gray ! CP

PARIS
2007
AUTO -

INSTANT BLACK & WHITE

SELF · SERVICE · POLAROID

Pola

B

BEAUTÉ

Diable
Grain
Produit
Subjective
Caché
Nombre d'or
Équilibre
Attraction
Charme
Attirance
Page blanche
Premier mot
Premier pas dans la neige
Profil
Clair-obscur
Abstrait
Chat
Simplissime
Allure
Silhouette
Forme de chic
Chien
Noblesse
Laideur

EXERCICES SUR LA BEAUTÉ

PAR MARC LAVOINE

Je peux dire qu'elle a des yeux,
Qui me regardent et qui regardent ailleurs,
Elle est à moi, mais elle m'échappe,
Elle me rassure puis elle m'inquiète,
Je la vois, j'en rêve, je l'imagine,
Parfois même je la touche,
elle m'éblouit,
Elle m'éclaire, elle me trouble,
Elle me perd, elle me trouve,
Je la cherche, parfois je passe à côté,
Je la rejoins, je l'embrasse,
je l'attends,
Je l'espère, je la regarde dormir,
Et puis elle se réveille,
Elle est belle, c'est la beauté,
Elle unit le miracle de vivre
et celui d'être vécu,
Je la chéris, je crains qu'elle
s'en aille,
Enfin, je lui fais confiance,
Belle chose qu'être vivant
Au cœur des choses
qui nous dépassent,
Des choses qui nous rassemblent
Beauté, trait d'union entre nous,
Qui transforme tout ce qu'elle touche.
Le bonheur est-il un salaud ?
À vous de voir.

PAR CYRILLE PUTMAN

La beauté : ce drôle de mot fait frémir, créant une perte immédiate d'humour dans les conversations dès son évocation, chacun étant convaincu de posséder la sienne, multi-cartes, passant du coq à l'âne, de l'écran plat à la nouvelle friteuse, de la moto à la femme d'à côté et tant mieux si c'est la sienne ! Vieux standard ne cessant d'évoluer avec le temps, la beauté n'est pas une chose figée, elle entraîne autant de perceptions et d'avis que de paires d'yeux.

Elle peut être intransigeante, hautaine, rigide, froide, prétentieuse, cassante, cassable, écrasante et régulièrement frimeuse. Parfois, comme l'homme, elle est à multiples facettes, capable du meilleur et aussi du pire. Dans l'histoire, la beauté a souvent été la complice de certains régimes totalitaires pour enfumer leurs peuples privés de liberté, remplacée sur-le-champ par de graphiques et spectaculaires défilés militaires accompagnés d'une lourde et sinistre architecture.

Les femmes ont une proximité évidente avec la beauté même si les hommes rattrapent le temps perdu grâce au développement de l'industrie cosmétique.

Certains s'évanouissent de bonheur devant un monochrome de Robert Ryman, et d'autres, face au même tableau, menacent leurs enfants des pires punitions s'ils s'égaraient à reproduire le même esprit pictural durant leurs cours de dessin. Entre les guerres, le XXe siècle a créé de nouveaux besoins, des diktats déguisés faisant croire au monde libre que la beauté s'était immiscée partout, y compris sur l'emballage de la nouvelle crème qui permettrait de l'atteindre, juste une fine couche avant de se coucher et le miracle arrive pendant le sommeil.

B

BOÎTE CRÂNIENNE

Cette appellation a le mérite d'être claire. Si Marc se passionnait pour la mécanique, on aurait nommé cet espace son garage, s'il incarnait un homme de foi, son église. Le besoin n'est pas métrique, il se mesure en litres d'air inspiré seul, à l'abri des autres y compris ses plus proches, même ceux sans lesquels il ne pourrait vivre !
Là, dans cette pièce sous les toits, les murs sont peints en noir, des centaines de Polaroid® encadrés y figurent, reliés les uns aux autres par des mots inscrits à la craie pour jongler avec les idées. Le processus créatif se met en route, avant toute sortie possible dans les rues.
Marc se met dans les conditions de son direct avec autrui dans son antre, au fond de lui-même. Rien, sans musique.
D'abord un bon vinyle sur la platine, presque toujours chiné chez un bouquiniste installé sur les quais de la rive gauche.
Toujours le même. Comme un sportif de haut niveau, il prépare ses affaires, toujours les mêmes gestes pour ne rien oublier avant de se perdre dans le travail lui-même, grattouiller, peindre, coller.
En réalité, il redonnera la vie au butin de la veille. CP

TIME
TIME
Polaroid
Sun 660
PHOTOS
POLA
mona kuhn
native
steidl
FUJIFILM
FP-100C
Professional
400TX
400TX

la boîte crânienne - Rivoli -

Sarah
HORS-SÉRIE
La femme
Demain.
Songes
lit... boîte crânienne
BLEU

Ce soir.
J'suis blanc comme un linge
CLAC !
Je descends du Singe…
avec toi
CHA
BROL
Gone but
Not
Forgotten
SUSHI
Le Monde
Chaîne stéréo
GITANES

C

CARNETS

Les carnets sont dans le travail de Marc Lavoine ce que le socle représente dans l'œuvre d'un sculpteur : une forme de mise en scène. Dans ces concentrés de Polaroid® classés par thèmes, Marc inclut aussi des collages et des annotations. Véritables tranches de sa vie, ils narrent une histoire, celle d'un tournage, d'un voyage, d'une accumulation d'états d'âme ou bien un bel hommage à sa famille, ses racines, son terreau. Les couvertures de ces écrins magnifiques, ces « objets non identifiés », rappellent un travail minutieux de relieur maison, l'odeur typique de la colle blanche goût amande – nous la dévorions à l'école communale à l'aide de la petite cuillère comprise dans le prix. Nostalgie, nostalgie ! Les carnets démontrent une boulimie d'art, une vraie générosité, un goût d'autrui prononcé et un appétit d'ogre pour croquer au-delà des siens un monde avec lequel il construit une relation de passion et d'exigence. L'anti-béni-oui-oui. Il tire la quintessence de ce magma parfois miraculeux et visqueux, régulièrement indigeste et merveilleux, magique et lourd de la vie. Dans tous ses états. CP

BEACH

LOVE
POLAROÏD BOOK
ÉTÉ 2010
POLAROIDS
"Milo"
Venus Book
2011
45 Tours

PHOTOS.
Notes
POLAROID
The Movie
六脉神剑
2011
BOOK

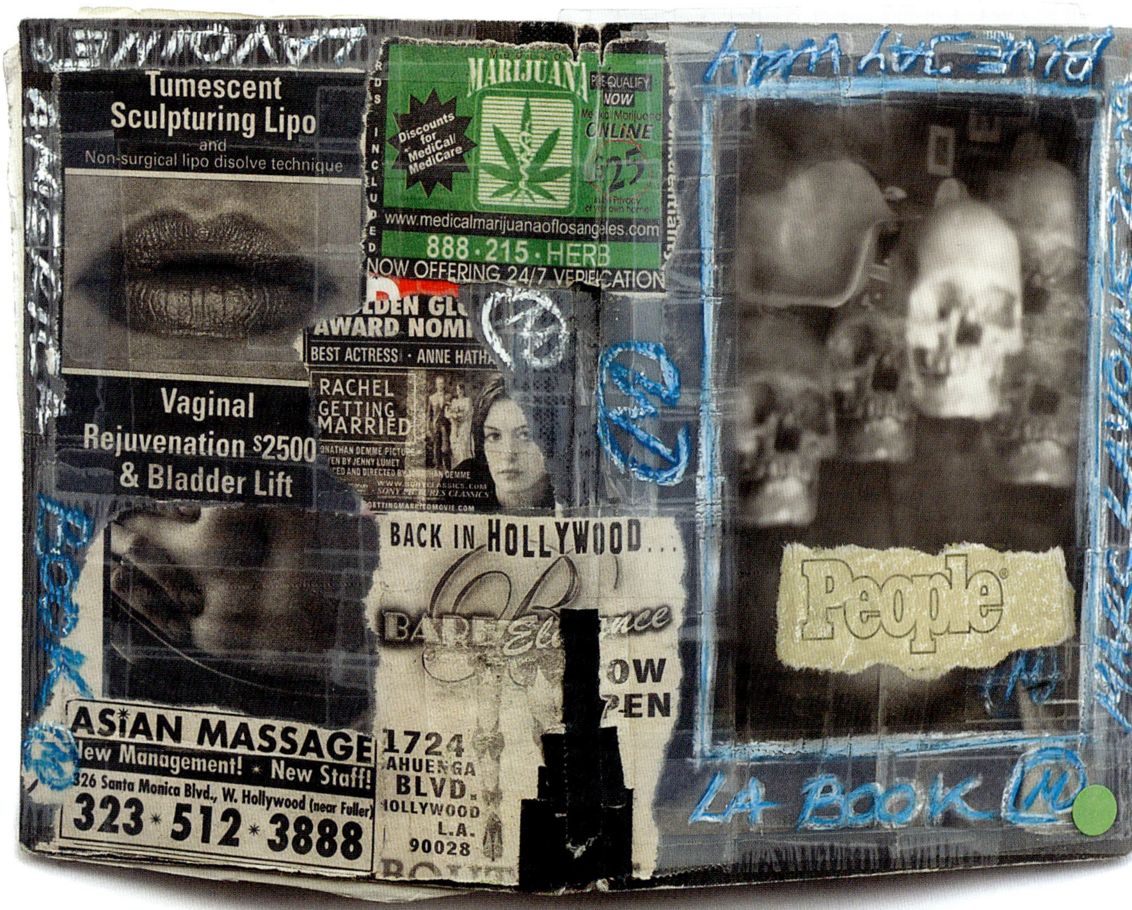
Tumescent
Sculpturing Lipo
and
Non-surgical lipo disolve technique
Vaginal
Rejuvenation $2500
& Bladder Lift
MARIJUANA
Discounts for MediCal/ MediCare
PRE-QUALIFY NOW
ONLINE
www.medicalmarijuanaoflosangeles.com
888·215·HERB
NOW OFFERING 24/7 VERIFICATION
AWARD NOMI
BEST ACTRESS · ANNE HATHA
RACHEL GETTING MARRIED
BACK IN HOLLYWOOD...
1724
AHUENGA
BLVD.
HOLLYWOOD
L.A.
90028
ASIAN MASSAGE
New Management! · New Staff!
326 Santa Monica Blvd., W. Hollywood (near Fuller)
323 * 512 * 3888
People
LA BOOK

Polaroids Summer 2010
été 2010
PRIVATE Collection
Polaroids Pictures MLAVOINE
MLAVOINE
BOOK
Pictures PHOTOGRAPHIE 2010
Love
Book Summer 2010
Le Monde
Pictures
Love Life
Book Polaroids
MLAVOINE
été 2010 POLAROIDS
PRIVATE Collection

Person of the Year
Create yours at
LIFE.com/timelines
greenroom® eco
greenroom® eco

LIFE
Last
facebook
greenroom eco
greenroom eco

tout

pour

sarah

moi

49

Pierre ★

cinema

poésie littérature
ARTHUR
Virginie Despentes

Vanessa .50

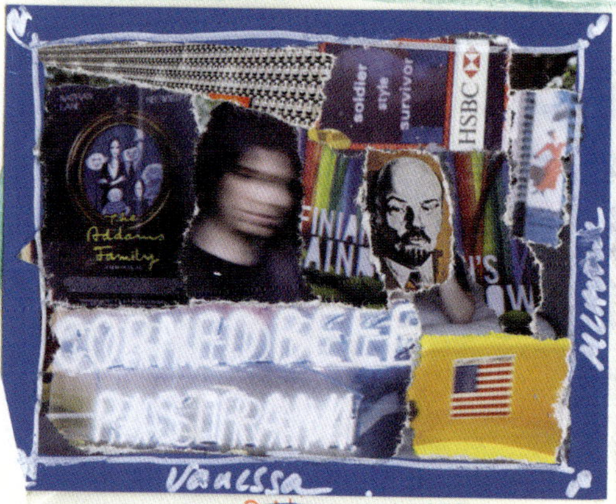

Stone
city

20

Roman

Bleu Mick

Yasmine 21

Queen and
Cardinale

2556.39
-136.68
Self

Love
Emma
Faith
ROLLING STONES
Jamie

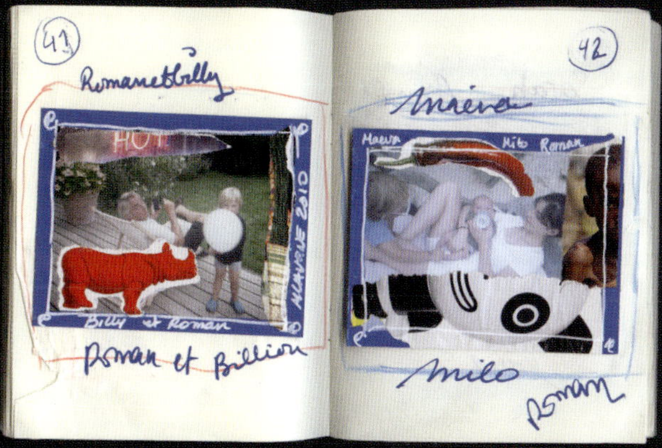
41
42
Roman et Billy
Roman et Billion
Milo
Roman

un homme
heureux
...ET DANS
LE MONDE
Roman

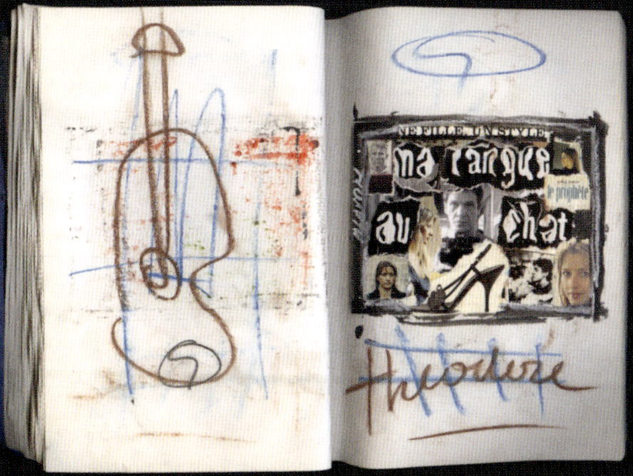
ma langue
au chat

été
2011
VOGUE
liberté

33
bilou
Yasmine
mon frère
- Beauté -

Bob Nounette
31
TAXI
Le Monde
une vie

Yasmine
Mykonos 2012
Sur le Sable,
DUO avec YASMINE

Diet
Coke
plus

SARAH
ROMAN
SELF

2009
2011
TV Monitor

C

CINÉMA

Comment pourrais-je parler de la créativité de Marc sans aborder son premier amour, le cinéma ? Extérieur jour matin clair. Le tournage de *Liberté*, le chef-d'œuvre de Tony Gatlif, bat son plein. Le réalisateur gitan, bel ambassadeur et représentant de la transmission orale depuis des siècles, ne fournit pas de scénario à ses comédiens. Cet acte quasi politique redistribue la liberté de jeu et la spontanéité à ses acteurs. Marc attrape son appareil, bombarde les protagonistes et crée des carnets de polas sur cette expérience riche et rare. Ce travail collectif a nourri son personnage, les vases communicants fonctionnent à plein, la photo alimente son jeu d'acteur et le cinéma apporte beaucoup à sa création musicale. Tout se tient, stable comme un trépied scellé dans du béton. Le septième art n'est-il pas une farandole animée d'images fixes ? On se souvient du grand Georges Méliès avec *Le Voyage dans la Lune* en 1902, le summum du trucage maison, enfin plutôt d'arrière-cuisine. Le talent ne se mesure pas en mètres carrés ! Marc se trouvera toujours là où l'on ne l'attend pas. *What's next ?* CP

l'actrice de mon père
et boites a lettres PH

Self Pola
DELPHINE TONY
LiBERTÉ
THEODORE
ARBEIT MACHT FR
TATANE
Self
COUPLE
LiBERTÉ

Liberté

Tony Gatlif (M).

C

CORPS

De la tête aux pieds, fondu enchaîné, nu habillé.

CULTURE

La culture est un vaste champ de données à explorer à l'aide de son cerveau. Dans son sillon, elle entraîne toutes les matières et formes de pensées possibles et imaginables. Malheureusement elle a largement trop de porte-parole au point que parfois elle est discutée par des gens présentant de graves lacunes dans ces domaines.
Exemple : certaines émissions culturelles.

D

DEMAIN

Une petite unité de mesure du temps équivalant à 1/365 d'une année. Demain a bon dos. Ce mot est souvent précédé de « on verra » et suivi par « est un autre jour ». Une merveilleuse excuse pour ne rien faire aujourd'hui, ce qui n'implique pas automatiquement que l'action du jour soit exécutée le surlendemain. Demain est anxiogène et aussi plein d'espoir.
Exemple : on ne sait pas de quoi demain sera fait et en même temps on parle de lendemain qui chante. Si l'on part du principe que demain est un autre jour et que l'histoire se répète, cela démontre chez l'être humain une incapacité à tirer les leçons du passé. La vie est donc un éternel recommencement.

Self & John CASSAVETES
Polaroid collage peinture
PRIVATE COLLECTION
Peel off the print from the corner diagonally as shown.

D

DOLLARS

On pourrait se demander quelle mouche a piqué Marc Lavoine pour qu'il s'attaque au symbole absolu de l'argent, ces billets verts, tous de la même taille du 1 au 1 000 dollars. Ce geste sacrilège n'a chez Marc aucune dimension transgressive, il l'utilise comme médium universellement connu depuis les films policiers américains des années 1950, suivis de près par Andy Warhol, le maître du pop art côté États-Unis, et le billet de Monopoly qui s'en est fortement inspiré. Marc en a changé l'effigie, il a choisi toutes les personnalités qui ont jalonné sa vie, qu'il a admirées, la présence d'un personnage moyen aurait été inenvisageable.
Ce bougre a réussi à faire bouger les lignes, à transformer une monnaie, avec toute la violence et l'arrogance qu'elle dégage, en un monde de gens admirables pour toutes sortes de raisons, une mise en avant de la vraie intelligence au détriment du pouvoir de l'argent. Ouf ! Dans cette société, il reste des créateurs pour inverser, au moins dans leur travail, le sens de ce monde qui court gentiment à sa perte. CP

EDITION 2011

variation sur la venus de milo d'où vient elle qui l'a faite Bruno? à l'aime

THE UNITED STATES OF AMERICA
THIS NOTE IS LEGAL TENDER
FOR ALL DEBTS, PUBLIC AND PRIVATE
K77143467L
WASHINGTON, D.C.
K77143467L
ONE DOLLAR

FEDERAL RESERVE NOTE
THE UNITED STATES OF AMERICA
FOR ALL DEBTS, PUBLIC AND PRIVATE
E40406786G
WASHINGTON, D.C.
E40406786G
WASHINGTON
ONE DOLLAR

FEDERAL RESERVE NOTE
THE UNITED STATES OF AMERICA
DL 82891007 C
L12
Frazier
FIVE DOLLARS

FEDERAL RESERVE NOTE
THE UNITED STATES OF AMERICA
WASHINGTON D.C.
ONE
ONE DOLLAR

FEDERAL RESERVE NOTE
THE UNITED STATES OF AMERICA
WASHINGTON D.C.
ONE
ONE DOLLAR

FEDERAL RESERVE NOTE
THE UNITED STATES OF AMERICA
THIS NOTE IS LEGAL TENDER
WASHINGTON D.C.
ONE
ONE DOLLAR

Elvis Presley

E

ÉVIDENCE

Coup de foudre, chose qui s'impose d'elle-même, qui va de soi.
Parfois éblouissante par sa taille, souvent niée, comme le nez au milieu de la figure. L'évidence peut te confondre, preuve à l'appui. Plus tôt on s'en préoccupe mieux cela se passe. De toute façon, on finit par s'y rendre. On peut dire qu'elle coule de source, c'est la vérité.

UNE LISTE D'ÉVIDENCES

Con comme la lune.
On a toujours besoin d'un plus petit que soi.
Le dernier silence.
On ne peut pas maîtriser la météo.
Obama est métis.
On ne fera pas l'unanimité.
Le temps passe.
Il pleut de l'eau.
La main droite est celle où tu as le pouce à gauche vu du ciel.
Le soleil se lève tôt le matin sauf en Scandinavie où il se couche très tard.
L'été là-bas le soleil fait des nuits blanches.
Il faut être connu pour passer dans le *Point de Vue* hors série « Diana ».

E

EXQUIS POSTÉRIEUR

Ah les fesses ! Il n'y a pas si longtemps, on envoyait au ballon les montreurs de postérieur sur la voie publique ! J'aime beaucoup cette série de Polaroid® car elle est porteuse d'un certain courage, d'une très belle déclaration universelle aux femmes inconnues et d'une réelle retenue. Ce drôle d'organe sur lequel on passe sa vie à s'asseoir peut se transformer en source de tension. En effet, selon sa forme, il terrorise nos petites amies depuis l'enfance si d'aventure il ne correspond pas aux codes imposés par la mode du moment. Marc a eu une vision beaucoup plus naturelle de la chose, presque animale. Prenez la photo dans une main, regardez-la sur le côté et vous verrez de grands sourires sans dents, des hymnes anonymes à la vie, sans une ombre de vulgarité. On ressent une réelle complicité entre Marc et son modèle. Le sujet, ces fesses, a l'air heureux. D'une drôle de façon, Marc a réinventé une forme de carte d'identité féminine et surréaliste ! Il n'y en a pas deux au monde qui soient identiques ! Une signature unique. Une réaction chimique bien accompagnée et l'on voit un tableau de Lucio Fontana, avec ses fentes sur un fond abstrait. Marc a réussi à dépassionner le débat avec cette partie du corps si souvent maltraitée et cependant adulée ! CP

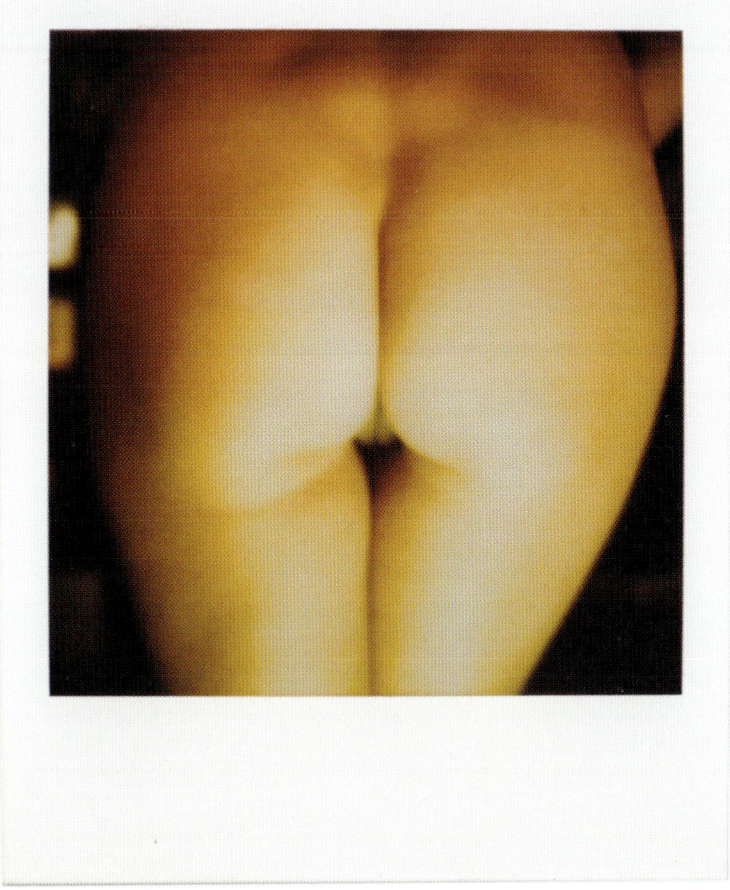

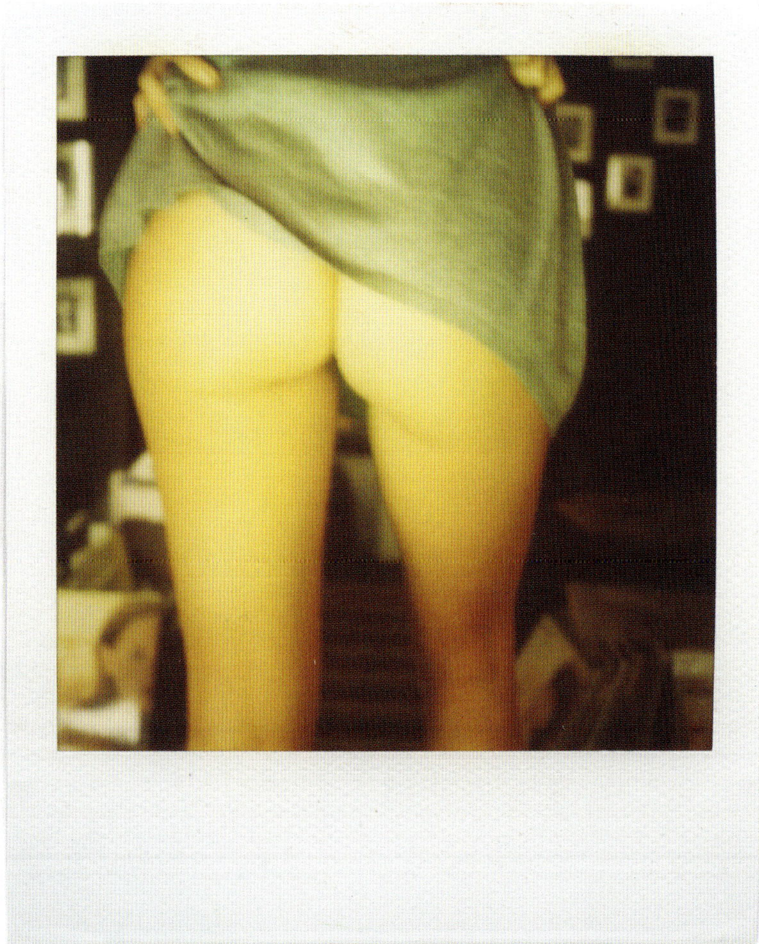

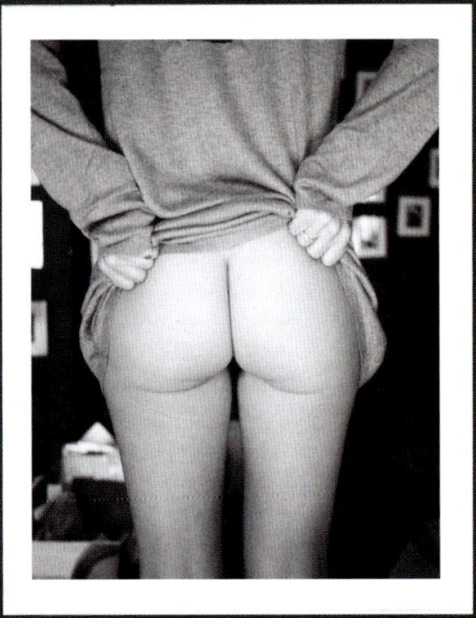
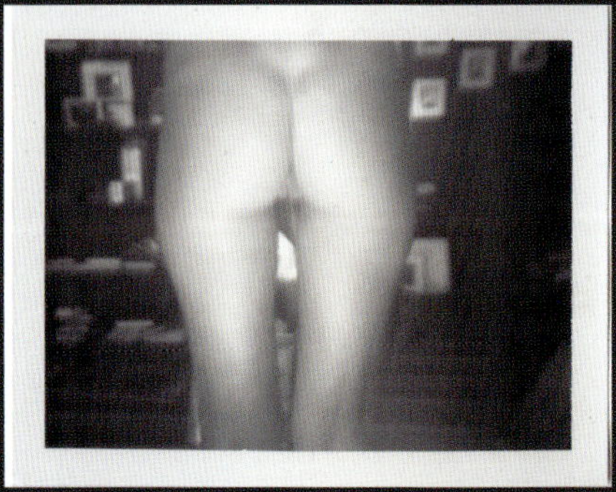

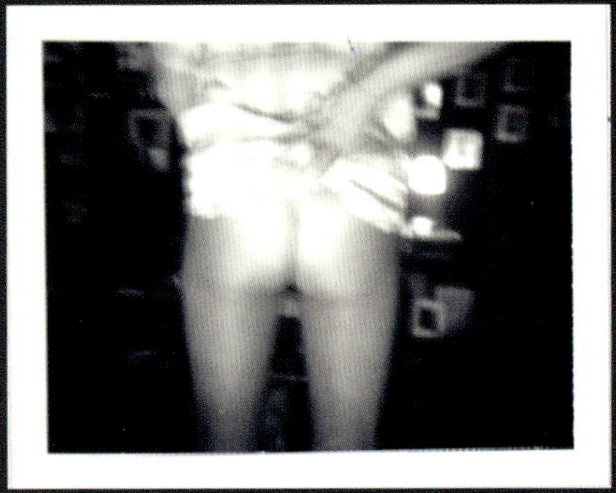

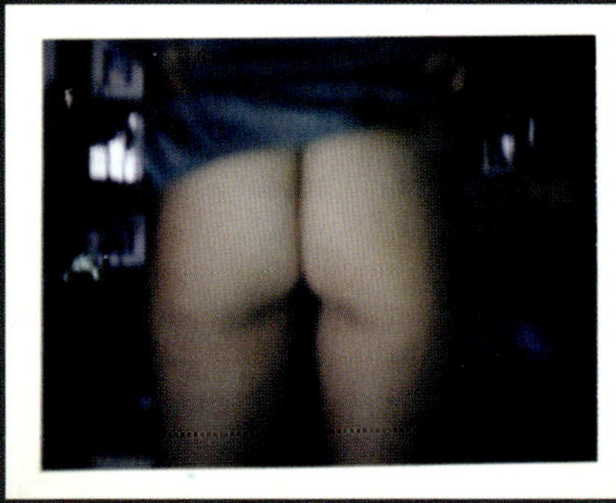
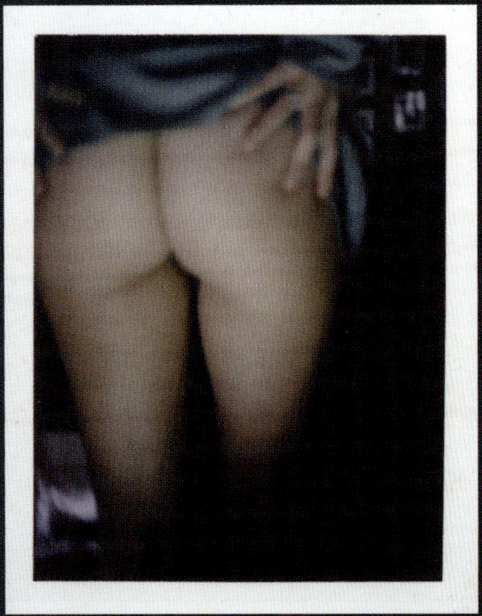

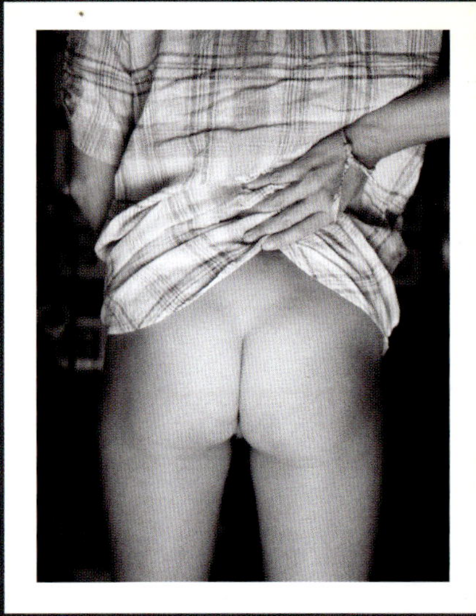

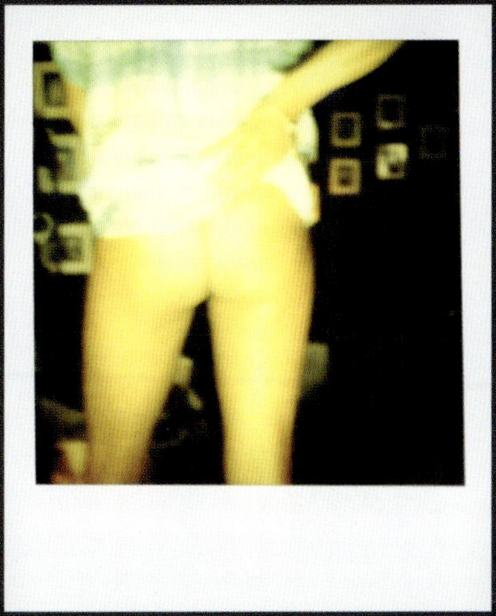
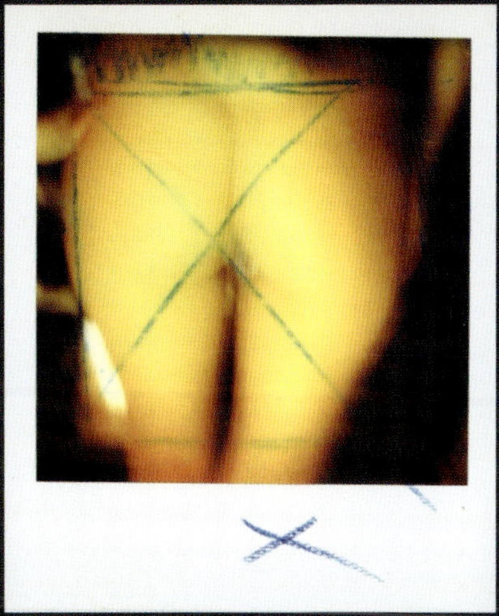
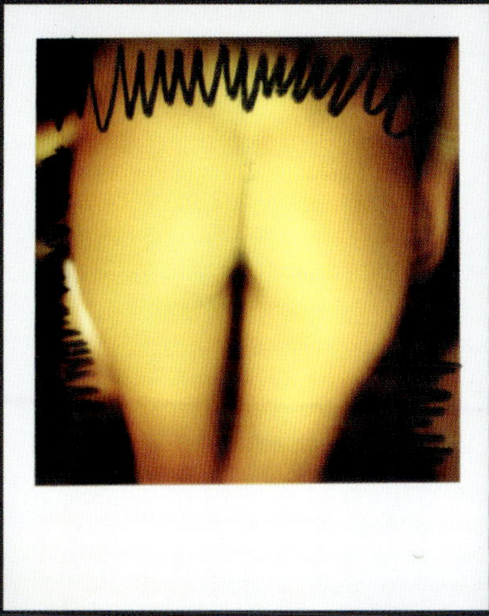
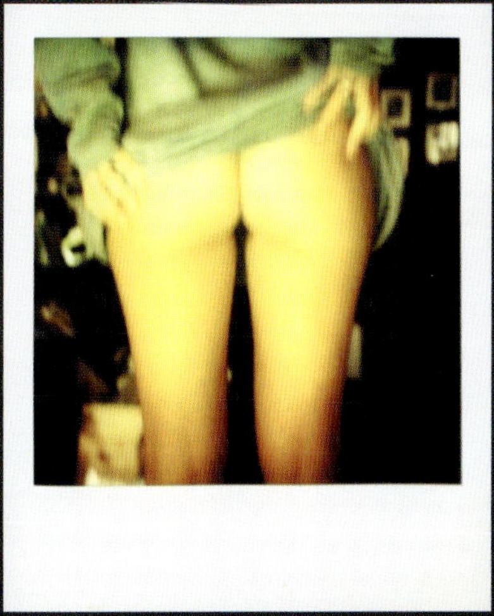
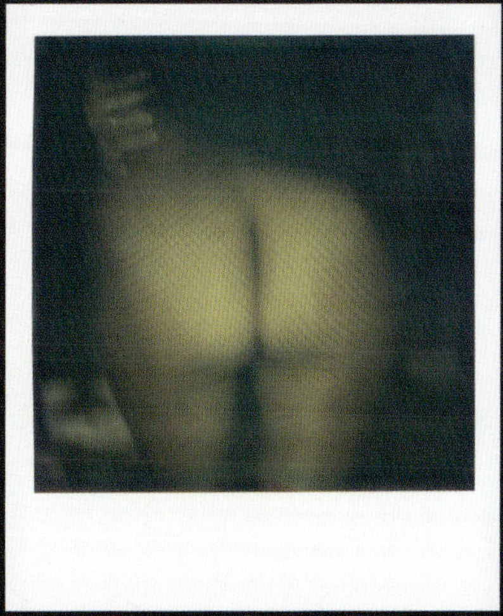
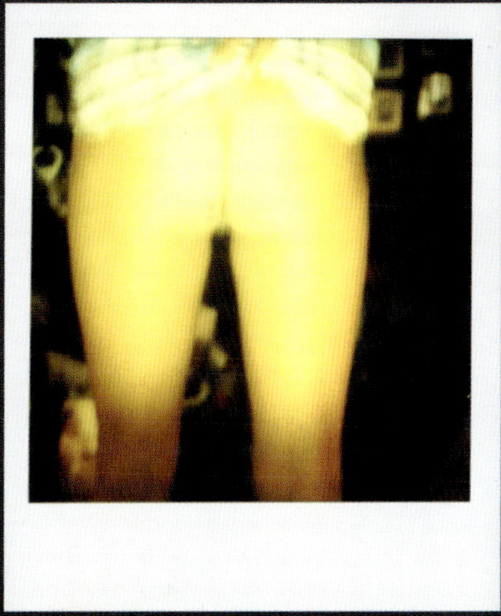

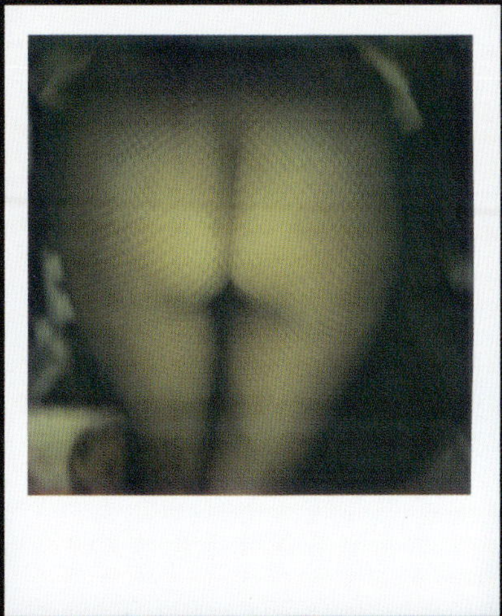
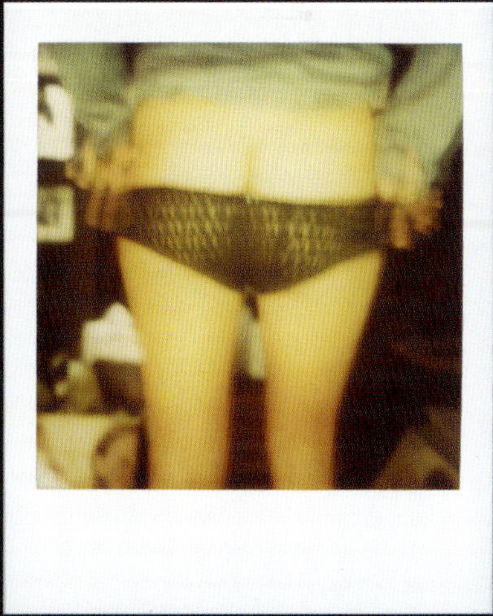

F

FAUX POLAS

Marc s'amusait beaucoup avec ses Polaroid®, la vie était belle, il maîtrisait son affaire. Comme un incorrigible artiste toujours insatiable, il a bien réussi à compliquer cette heureuse entreprise en pleine ascension en inventant le faux pola. Soudain, il devient le faussaire de sa propre technique, garde juste les proportions et le support de la pellicule. Il se lâche sur l'image, la fabrique, la façonne dans son imaginaire. Le photographe devient le révélateur de ce qu'il aurait aimé voir à cet instant précis. Là, il pousse le bouchon encore plus loin, incarne lui-même l'appareil, son cerveau se métamorphose en chambre noire sans mettre le nez dehors ! Après un tour dans sa boîte de couleurs, le résultat est là, un faux pola trône sur sa table de torture. Avec les yeux écarquillés comme un gamin ayant attrapé son premier papillon, Marc contemple ce travail, il le regarde, le saisit pour souffler dessus puis le range soigneusement dans une petite boîte prévue à cet effet. Comme les vrais polas. CP

Gone but Not Forgotten

Claude
Berri
b. 1934

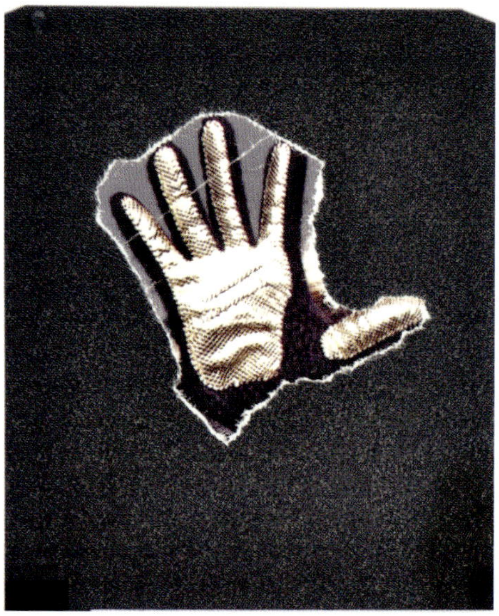
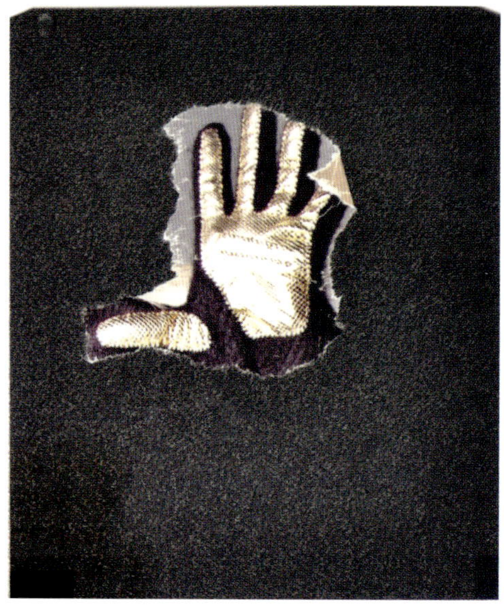

F

FEMME

La Mata Hari, la femme tondue à la Libération pour avoir couché avec le Germain. La femme sans tête pendue par les cheveux est un exercice très difficile à réaliser.

FEMMES

Mère	Geôlière
Sœur	Trapéziste
Voisine	Danseuse
Fiancée	Femme à barbe
Fille	Femme-objet
Vierge	Soubrette
Prostituée	Religieuse
Maîtresse	Cuisinière
Infirmière	Cendrillon
Institutrice	Jeanne d'Arc
Grand-mère	Lucie Aubrac
Dactylo	Aung San Suu Kyi
Chanteuse	Pin-up
Actrice	Femme de chambre
Romancière	Femme des années 1980
Cinéaste	Femme coupée en deux avec trucage, pas avec Landru
Mannequin	Wonderwoman
Gendarmette	Catwoman
Majorette	Pretty Woman
Aubergine	Honky Tonk Woman
Pervenche	
Potiche	
Muse	
Sirène	

iman Cap Ferret 2012 ©

Chilo et Sarah

POWER
33

POWER 33
COLETTE SHOPPING
OWER
33

F

FLOU

Effet d'optique, myopie parfois organisée qui permet de gommer les aspérités. Capacité de l'esprit à brouiller les cartes par souci du détail. Il est difficile de faire flou quand on peut faire net : Branca.

FOLIE

La folie c'est la raison d'un seul, la raison c'est la folie de tous. La folie est un dysfonctionnement mental qui permet, d'après les spécialistes, d'isoler les personnes différentes, voire étranges.
Si après la pluie vient le beau temps, après la folie vient pas du tout.
La folie, c'est Jack Nicholson dans *Vol au-dessus d'un nid de coucou*.
Je suis fou de Jack, j'en suis coucou.
Comme lui dans le film !
Même en folie, il faut savoir raison garder.

Folie : sorte de liane.
Folie : dépense immodérée.

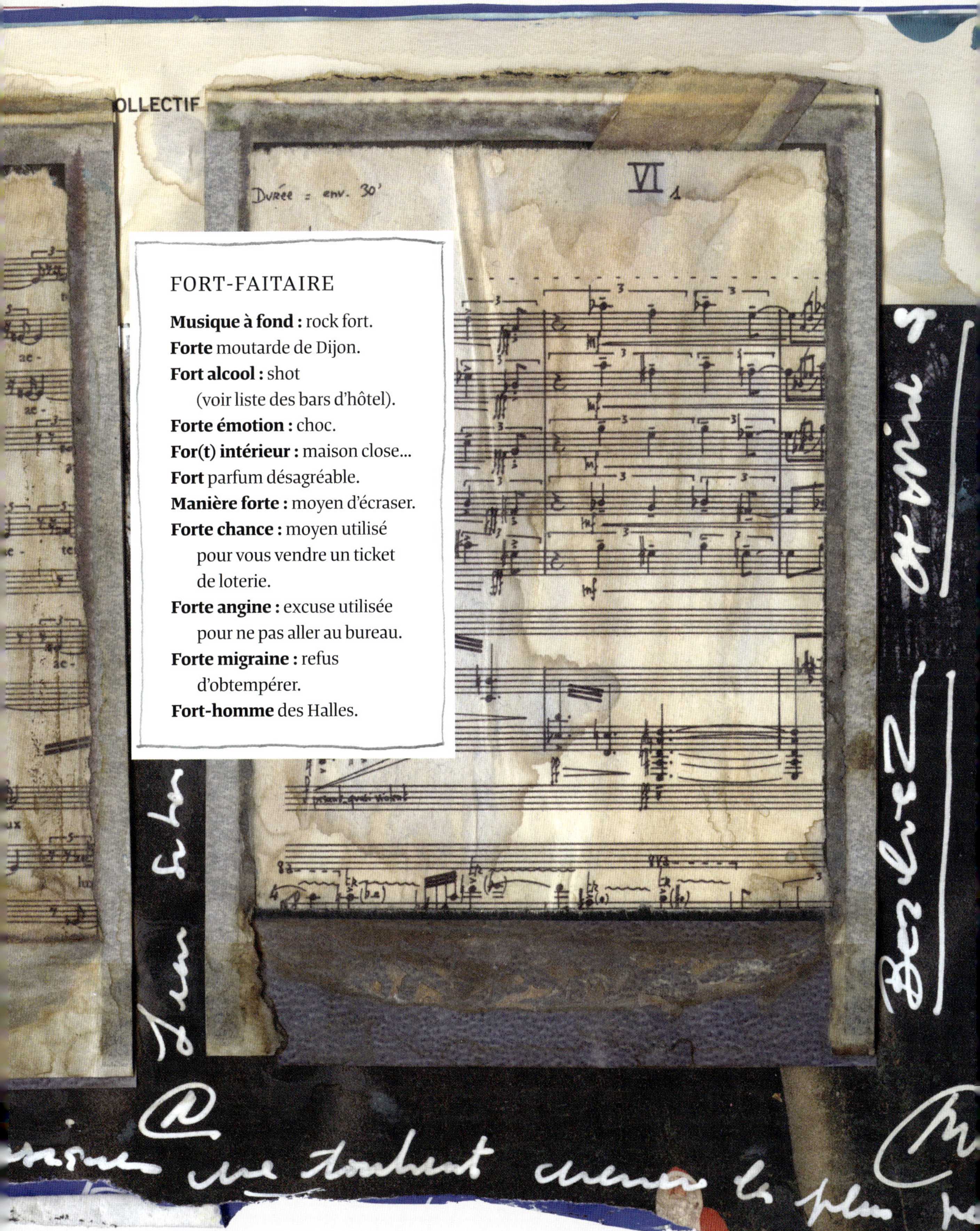

FORT-FAITAIRE

Musique à fond : rock fort.
Forte moutarde de Dijon.
Fort alcool : shot (voir liste des bars d'hôtel).
Forte émotion : choc.
For(t) intérieur : maison close...
Fort parfum désagréable.
Manière forte : moyen d'écraser.
Forte chance : moyen utilisé pour vous vendre un ticket de loterie.
Forte angine : excuse utilisée pour ne pas aller au bureau.
Forte migraine : refus d'obtempérer.
Fort-homme des Halles.

G

LE POINT G

Cette expression, le point G, reste une zone mystérieuse. Même si dans sa localisation nous pouvons la pointer du doigt, elle reste néanmoins incertaine et aléatoire.
Le point G n'apparaît jamais sur une carte anatomique, comme le Triangle des Bermudes n'est pas spécifié sur une carte géographique.

QUESTIONS SUR LE POINT G

Suffit-il d'un instant I à un endroit E le jour J et à l'heure H pour trouver le point G ?
Ou bien alors est-il nécessaire de vivre l'amour avec un grand A ?
Est-il visible à l'œil nu ?
Est-il possible d'en faire le tour sans risquer de se perdre ?

H

HOMME

Mammifère doté d'une vraie intelligence peuplant la Terre, dont l'existence est prouvée par lui-même, contredite par lui-même, ayant bénéficié de lourds appuis. Bipède qui court de plus en plus vite (Usain Bolt, 9,58 secondes au 100 mètres). Il marche sur la Lune et parfois en dehors des clous, ne connaît comme pire ennemi que lui-même. Il est de sexe féminin ou masculin pour la reproduction de l'espèce. Il a survécu à de grands travaux sept mille fois supérieurs au chantier de la Pyramide du Louvre. Son extrémisme va du rire à la violence, de l'amour à la torture. On peut noter plus de formes de torture que de positions du Kamasutra.
L'homme est un inventeur permanent, il se bat en duel depuis la nuit des temps et n'a pas fini de nous étonner. Il invente la liberté puis la prison et enfin l'évasion. Il valse avec l'hésitation sur la morale qui change selon les latitudes, les époques, les idées à la mode et le sujet dont on parle. L'homme est un créateur de frontières, exemple l'Afrique époque Congo belge. L'homme masculin pluriel abuse facilement de l'homme féminin singulier ou pluriel. Il impose sa vision de l'humanité en y introduisant une dose d'extinction des espèces, une chasse à l'échelle du monde et s'en sort in extremis grâce à Thoiry et autres Marineland.
Il se contredit mais dit au fond la même chose dans des langues différentes. On peut déterminer deux courants majeurs : les riches et les pauvres. L'homme a inventé le boomerang sans mesurer la portée de son effet.
Sa créativité ne s'est jamais démentie, même pendant les heures noires de la collaboration. De la nuit des longs couteaux au jour le plus long, l'homme sait travailler sans compter, sauf les parvenus qui dépensent sans compter pendant leurs vacances.
En revanche, pour sa défense, il a beaucoup chassé l'éléphant, avant de mettre une danse au thon rouge. CP

Portrait cyrille putman :
et l'oeil ☾.

Pola tatouage
2007

OUS
ETES
ICI
LOS ANGELES
POLICE
marco

LES FEMMES NE SONT PAS DES OBJETS
Pola SIMON PARIS

I

ICARE

Quelle leçon peut-on tirer de la légende d'Icare ? Si l'on peut dire se brûler les ailes, alors son expérience nous laisse à penser que le désir a des limites. Trop s'exposer au soleil est mauvais pour la peau.

ICÔNE

Image ou objet sacré aux figures emblématiques, toutes religions confondues jusqu'à la culture pop.
Pourquoi a-t-on besoin d'inventer des icônes ? Cela fait connaître, fait marcher, fait rêver, fait prier, fait penser et fait parler d'elles. Souvent transmises par admiration contagieuse, elles fascinent et créent des rassemblements massifs autour de leur personne. Grandes surfaces spirituelles, hypermarchés de la conscience, les icônes ou leurs copies sont à la portée de toutes les bourses, elles savent prendre l'argent nécessaire même là où il ne se trouve pas pour redorer leur blason ou acheter une couronne neuve.

INTUITION

L'intuition, que l'on pourrait illustrer avec ces deux expressions : « avoir la puce à l'oreille » ou « mon petit doigt me l'a dit », résume un sentiment sans contours définis mais équipé de l'option « parfait timing » vous permettant de proposer un projet, une idée qui tombera juste comme une robe bien coupée sur un corps de rêve.
Dès qu'elle porte un parfum, l'intuition devient féminine. Son pendant masculin serait l'instinct.

CRÉATEURS D'ICÔNES

Dieu : le Monde.
Anna Wintour : Kate Moss.
Léonard de Vinci : la Joconde.
Andy Warhol : Mao, Marilyn.
Roger Vadim : Brigitte Bardot.
Karl Marx : Lénine.
Les frères Grimm : Cendrillon.
Dominique Besnehard : Béatrice Dalle.
Paul Lederman : Coluche.
Jacques Séguéla : François Mitterrand.
Denise Glaser : Barbara.
Les Guignols de l'info : Jacques Chirac.
Philippe Lucas : Laure Manaudou.
Johnny Stark : Mireille Mathieu.
Aimé Jacquet : Zidane.
Steve Job : Apple.
Malcom McLaren : Sid Vicious.
Bernadette Chirac : les pièces jaunes.
Jeanne d'Arc : elle-même.
Prince Charles : Diana.

"Vaisseaux noirs"
Selon les statistiques de l'Association
japonaise de l'énergie photovoltaïque, le
Japon a importé en 2011 deux fois plus de
modules photovoltaïques qu'en 2010, et
COLLAGE 2012
PRIVATE COLLECTION
M. LAVOINE

J

JAMBE

Surface cultivable où il est très difficile de mater la végétation. Objet mouvant, articulé, précédé d'un tronc et souvent suivi d'un pied, surtout en temps de paix. Quand elle appartient à une femme, on l'appellera « gambette ».
Pour un homme, on utilisera plutôt « guibole » ou « canne ». Si l'on veut dire autrement « cela ne me fait aucun effet », on dira « cela me fait une belle jambe ».
On peut aussi le chanter : « Elle avait une jambe de bois, mais pour que ça ne se voie pas, elle avait mis par en-dessous une rondelle de caoutchouc. »
Truffaut disait dans *L'Homme qui aimait les femmes* : « Les jambes des femmes sont des compas qui arpentent le globe terrestre en tous sens, lui donnant son équilibre et son harmonie. »
Les jambes, tels les deux bras de la Seine qui s'écartent pour donner au Vert Galant un parfum de rendez-vous où les amoureux s'enlacent et s'enjambent.
Estuaire des sentiments excités, habillés de fruits sombres et de vêtements froissés dont les jambes, souples et tendues, comme les arcs des Amazones, laissent les amants à mi-chemin entre le rêve et le réel, le plaisir et la souffrance.

JEU

D'abord cette définition en vaut-elle la chandelle ? Après réflexion, non.

JUNGLE

Espace verdoyant faussement anarchique, régi par une loi, « la loi de la jungle », dont la bible est *Le Livre de la jungle*.
Elle est partout, dans des milieux très différents. Elle se glisse du sommet des affaires et de la politique aux bas-fonds de la guérilla urbaine en passant par les toilettes de la gare du Nord.
Elle est longtemps restée la maison de Jane et de Tarzan, sans CNN. La jungle s'est transformée en une gigantesque arche de Noé, équipée WIFI.

K

K-WAY/KLEENEX

Rouge, jaune, vert, bleu, le K-Way est à la pluie ce que la madeleine est à Proust, le Kleenex à Yoko Ono depuis que John Lennon est mort.

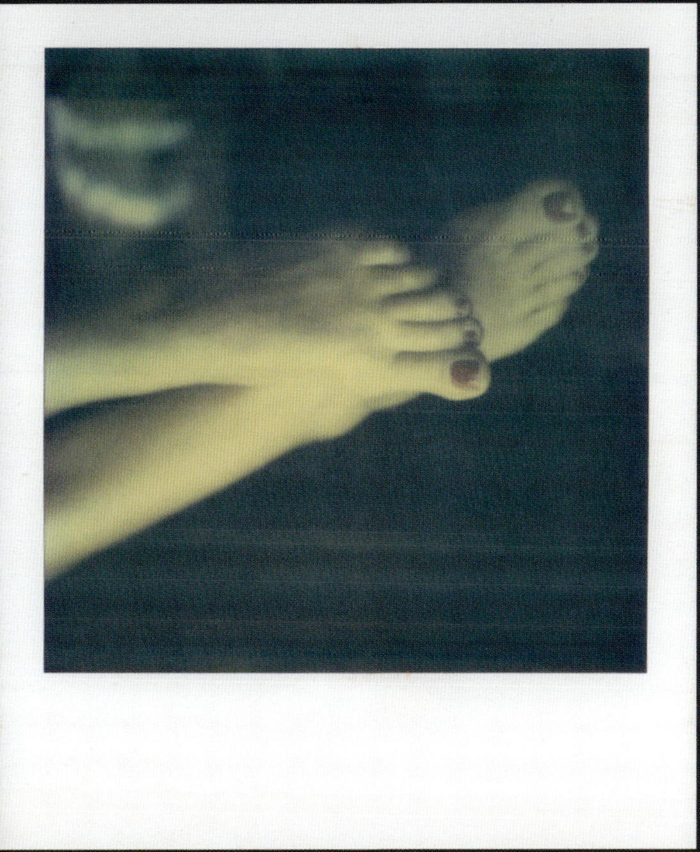

L

LABYRINTHE

La ville, grand labyrinthe désorganisé et moderne, où les graffitis, le flot humain, les divers engins de transport, les odeurs, la lumière forment une usine à images toutes différentes et en mouvement constant. Marc, comme un poisson dans l'eau, navigue incognito dans ce camaïeu de couleurs et de matières afin de chasser ce qu'il cherche, une forme de beauté d'âme cachée dans tous les recoins de la cité. Seul lui sait, son œil perçant sera mis au service de ce projet d'une vie au maximum. Son disque dur imprime, porté par cette énergie invisible et irrégulière, ces montagnes russes où le bonheur des uns fait le malheur des autres, et lui, le troubadour, picore, picore, picore encore ces images, toutes de même taille, sept par neuf centimètres, archaïques et magiques.

Cet amasseur boulimique d'instants urbains et humains pourrait faire sienne cette phrase démarrant un poème de William Shakespeare : « Le monde est une scène, et tous les hommes et les femmes en sont simplement les acteurs. » CP

dans tes cafés
Je marche dans tes

Je pense a Diana

NUIT
ROUGE

GUSTAVE

SOUND

SIGVARIS AUDACE

Taxi in Swimming Pool
PRIVATE COLLECTION

LA POSTE
LOOK
ML

POLA VITRINE CHANEL

INTERDIT
SAUF TAXIS
NO
PRIÈRE DE NE PAS STATIONNER
SORTIE DE VOITURES
Polaroïd INTERDIT

TAXIS
PARIS TAXIS
Pola Rair TAXIS

L

M

LUMIÈRE

La lumière est le vêtement
le plus naturel lorsque
le corps est nu.

MATIÈRE

La matière est un gros morceau.
Il en existe néanmoins de toutes tailles.
Elle peut être grise ou première. Souple
ou rigide, friable ou visqueuse, chaude,
froide ou tempérée. Il y a matière à discuter.
De la matière plastique à la manière forte,
de toutes les matières, *C'cst la ouate qu'elle préfère* (cf. Pierre Grillet).
Les mathématiques, c'est pas mon fort,
je manque d'équilibre mais la matière
fait cale.

LE SIÈCLE DES LUMIÈRES

LUMIÈRE
Zone éclairante.

FAISCEAU LUMINEUX
Il peut parfois abîmer la rétine jusqu'à l'aveuglement.
La lumière prend des formes changeantes selon l'heure et la densité avec laquelle elle rayonne.
L'expression « à contre-jour » prouve que de la lumière naît l'ombre.
Quand la lumière est rasante, on découvre alors la pilosité repoussée, les cheveux d'ange mettant en valeur les reliefs.
Le corps de la femme est un paysage de dunes sahariennes. La lumière permet au clair-obscur de cacher le visible, de montrer l'immontrable.

HABIT DE LUMIÈRE
Tenue du torero pour aveugler les filles.

LUMIÈRE
Connaissance, érudit.

LUMIÈRE
Sherlock Holmes se chargera de faire toute la lumière sur cet homicide et enverra le coupable à l'ombre.

GYROPHARE
Lumière de couleur orange ou bleue accompagnée d'une musique répétitive et monotone, dite « deux tons », qui peut annoncer de l'action ou une tuile.

POURSUITE
Grosse machine qui, dans son cercle lumineux et puissant, doit saisir Jacques Brel pour fixer l'émotion en le séparant de l'obscurité. Mise en abyme d'un sujet sur lequel tous les regards convergent, comme les mouches attirées par la lumière de la télé, et les lapins de garenne piégés par les phares de la DS car ils tournent avec le volant.

LUMIÈRE INTÉRIEURE
Celle que l'on ne voit jamais, mais que l'on perçoit et qui éclaire les Champs-Élysées de l'imaginaire.
La meilleure façon de la voir, c'est de fermer les yeux.

M

MADONES

En rentrant dans une église du sud de l'Italie, à la vue de ces sculptures féminines et polychromes, quel être humain normalement constitué n'a pas eu une pensée pour sa « Mamma » ? La sienne. Celle qui nous a porté. Dans un macabre télescopage de notre calendrier personnel, Marc et moi avons perdu nos mères à quelques mois d'écart. Même si ce sombre jour marqué d'une pierre noire est incontournable dans la vie de l'humain, il reste inacceptable. Pire, sa modélisation est impossible, les optimistes espérant s'y préparer croient au Père Noël ! Ma madone architecte d'intérieur a sculpté ma personnalité à coup de découvertes diverses et variées, toutes originales et à contre-courant ! Un aréopage d'excentriques rôdait, pas des robinets d'eau tiède, loin de la convention bébête, mais avec peu de sentiments apparents et beaucoup de folie. Marc a vécu une autre aventure, une simplicité et un équilibre très enviable côté amour, une autre existence sertie de pépites d'anecdotes plus touchantes les unes que les autres. Deux types, deux vies, un point commun : leur désespoir le jour où ils perdent leur mère. Voilà comment les madones sont entrées dans nos vies par la voie laïque. Marc a photographié ces œuvres religieuses avec l'amour que les gitans portent à leur sainte, Sainte Sara, *Sara la noire*, au cours d'une sublime procession qui a lieu les lundis de Pentecôte aux Saintes-Maries-de-la-Mer en Camargue. Ou bien est-ce des images mentales, des hologrammes maison, des vues de l'esprit ou une vision de l'amour maternel ? Au fond, la réalité a-t-elle vraiment sa place ? Seuls les sentiments et l'hommage à ces deux prunelles de nos yeux comptent et ne sont pas prêts de nous quitter. Eux. CP

PRIVATE COLLECTION.
Formentera

Vierge Formentera

Formentera

Formentera

Marie Formentera

СПАСИБО
VALENTINA

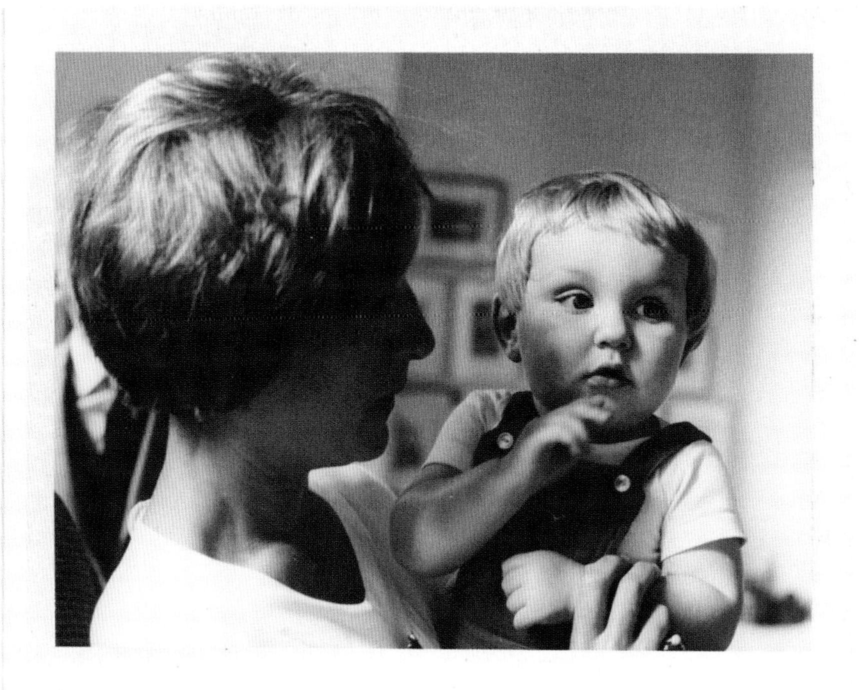

Cyrille et Andrée

Roman et Michou -

N

NANA CHAN & HARUKI YUKIMA

Cordelette et kimono, l'extase mi-nue,
mi-soie, suspendue, attachée.
Murmures, petits cris, souffle
de la douleur et du plaisir.
Œuvre d'art absolue.
Seins noués, pubis noir encordé,
attache-moi attaché.
Comme Nana Chan, attachante,
vulnérable, invincible, soumise
et dominante.

NATURE

Désigne un territoire pas encore martyrisé par l'homme, parfois juste contrarié pour faciliter le passage des landaus et l'installation de nombreuses poubelles qui semblent avoir été dessinées par des aveugles confirmés. Une bonne nature : se dit de quelqu'un qui paraît benêt, tellement il prend tout bien.

NOTA BENE

Mot latin qui aide à faire passer la pilule. Cette abréviation donne un petit vernis intellectuel. Cette idée d'aller chercher dans la marge ce que vous ne comprenez pas sur le papier incite à vérifier et à pousser plus loin le bouchon attisant le désir d'aller au fond ou bien au-delà des choses. En milieu urbain, dans le langage parlé, on note un net recul du nota bene dans les conversations.

LES LOIS DE LA NATURE

On peut dire sans prendre de gros risques
que tous les goûts sont dans la nature.

YAOURT NATURE
Se dit d'un yaourt sans sucre,
sans miel, sans confiture.

GRANDEUR NATURE
À l'échelle de l'objet dans
sa version originale.

PETITE NATURE
Individu attaqué en permanence par
toutes sortes de virus, personne peu
résistante à la marche à pied.

CONTRE NATURE
Qui lutte contre le sens du mouvement et
parfois le contraire lorsqu'il a le dos tourné.

LITIGE
Il y a nature à s'inquiéter.

FORCER LA NATURE
Avoir les yeux plus gros que le ventre.

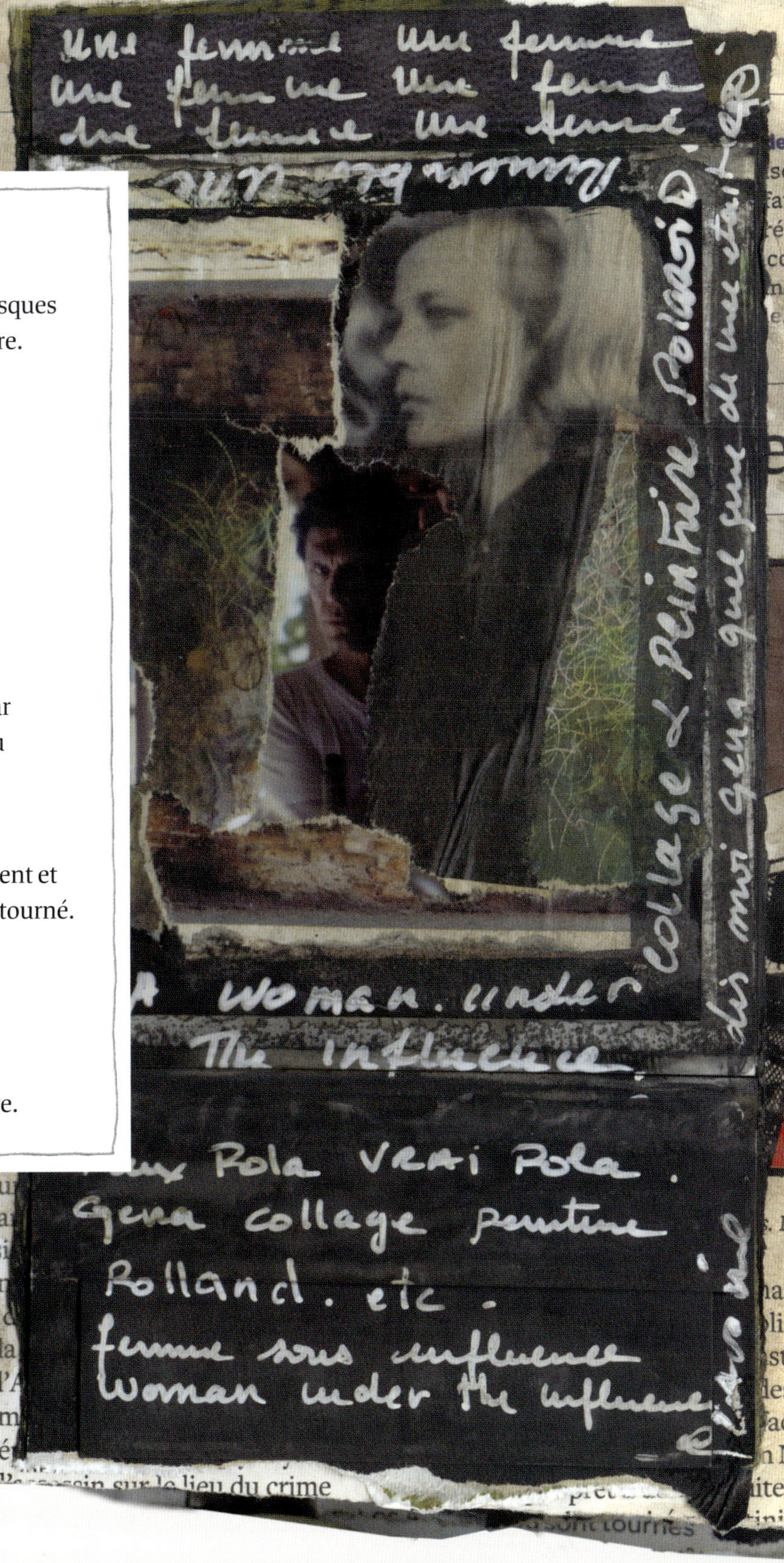

N

NÉONS

Qui n'a pas partagé une émotion visuelle en regardant ces énormes publicités en néon placées dans les artères des grandes métropoles ? Ou bien devant une œuvre de Dan Flavin, immense artiste américain utilisant le tube fluorescent ? Ou encore, si vous préférez, la devanture d'un sex-shop, impressionné par les mouvements lumineux de la façade sans officiellement en avoir franchi le seuil ? Ce système inventé par un Français porte le nom d'un gaz, un nom à racine énigmatique pour le commun des mortels. En un siècle, il aura illuminé la planète. Très à l'aise à l'intérieur ou à l'extérieur, le néon a envahi notre univers. Il est devenu un médium très prisé par les artistes.
Marc a achevé un dessin, *Si la Terre était une femme* ; le problème de sa réalisation « en vrai » est apparu très rapidement. Je lui ai proposé de l'emmener voir un génial sorcier du tube magique et lumineux, Erick Hélaine, dans son atelier de la banlieue parisienne.
Après trois semaines de faux suspense tant l'homme maîtrise son sujet, nouvelle visite à Aulnay pour y découvrir cet objet magique : l'esquisse d'une femme inspirée par une mappemonde. Marc était ému devant le fruit éclos de cette équation à deux têtes, celle de l'artiste et celle du transmetteur, celui qui rend les délires concrets, l'homme de la technique.
En deux mots : le magicien. Féerick !
Marc, Polaroid® en main, commença à mitrailler sa belle goulûment, son appétit était à la hauteur de l'émotion suscitée par la rencontre avec sa première œuvre. CP

LA TERRE
EST
UNE FEMME

OCÉANIE

AMERIQUE
EUROPE
AFRICA
AUSTRALIA

A Jean Nicot
TABAC

O

OMBRES

Marc a commencé cette nouvelle activité polaroidesque pour lutter contre le vide entre deux grands projets consommateurs d'énergie, écrire un album ou jouer dans un film. Ce moment critique, bien connu des créateurs en tout genre, pousse à une forme de « déspatialisation » dans la vie. Dans les cas les plus extrêmes, cela peut finir par une défenestration ! Les ombres sont la fondation du travail photographique de ce créateur protéiforme et curieux de tout. Sa modestie intrinsèque l'a poussé à commencer par se fondre dans autre chose, un autre cadre, comme Alfred Hitchcock qui apparaissait à peine, modestement, dans ses propres films. Lui, l'homme sous les projecteurs, toujours dans la lumière, se réfugierait dans l'ombre, la sienne. Elle est devenue le point cardinal de sa vie, lui indiquant le sens de la lumière et la direction du soleil. Cette série a ouvert la page d'un livre dont l'histoire reste à écrire même si les premiers chapitres illustrent la matrice de cette nouvelle aventure créative très émouvante. Une nouvelle corde à son arc. CP

OMBRE

Façon d'échapper à sa propre représentation et de montrer qui l'on est à travers ce que l'on voit. L'artiste inclut dans le cadre son ombre photographiant un sujet (colonnes de Buren, terre, piscine, bitume, etc.) comme s'il fixait le regardeur. Jeu de miroirs sans reflet, où l'ombre ne tient pas le premier rôle mais celui du passeur d'image, jeu qui pourrait s'intituler « Voir sans être vu ».

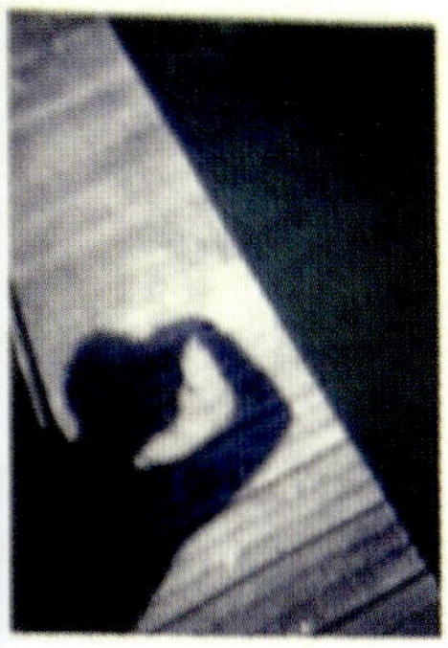

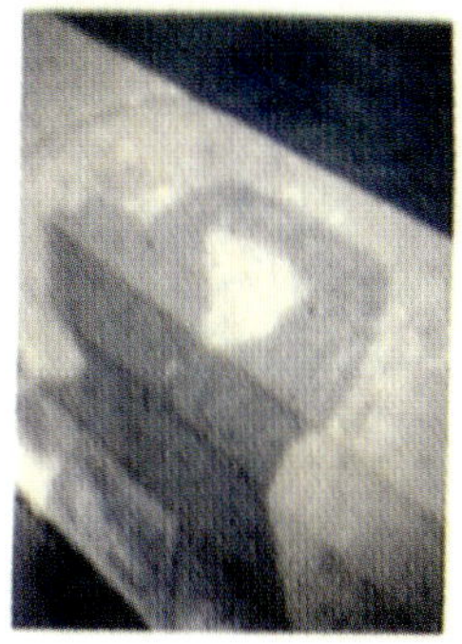

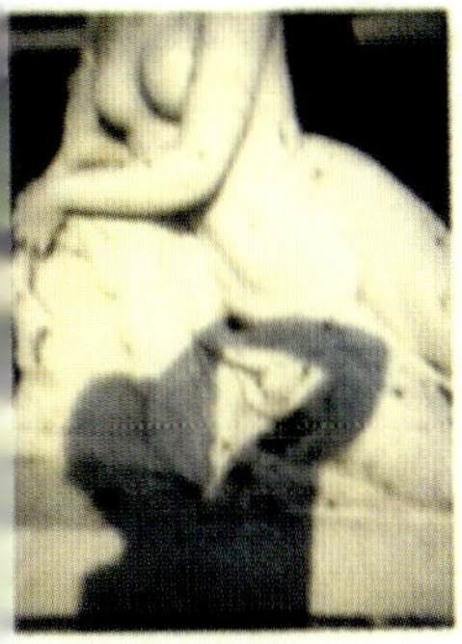
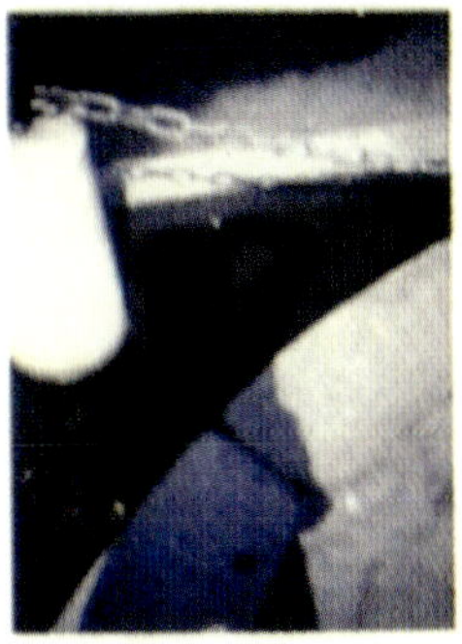
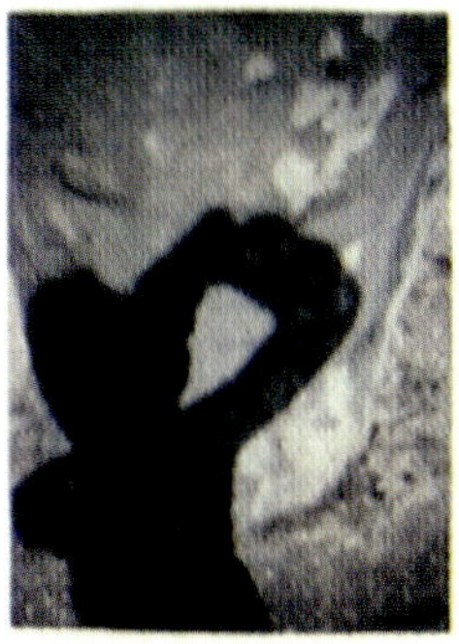

Pola Eau bleue 1

Pola velo

Pola B.2

ML
Paris les ombres Pola

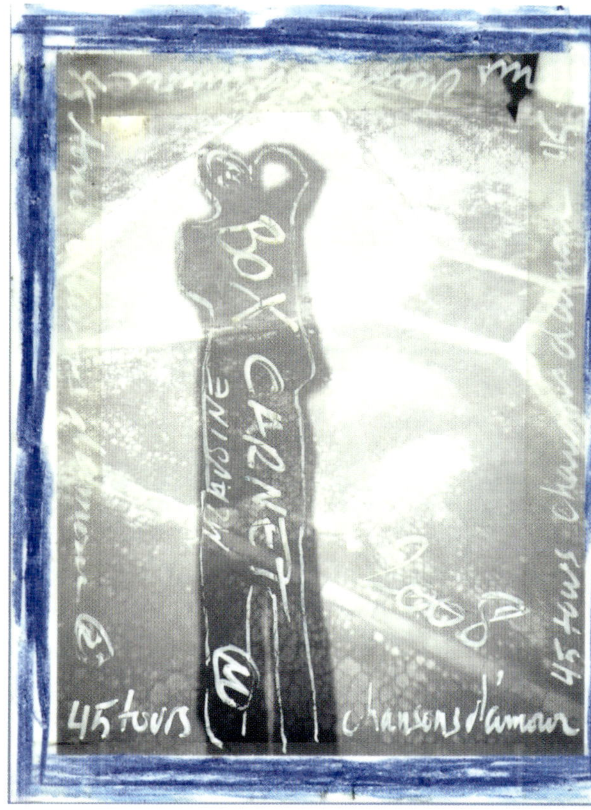
BOX CARNET
2008
45 tours
chansons d'amour

2

Love
45 tours
2008

69
68

Polaroid 2008

P

PASSAGE

Passage secret, passage piéton,
passage à l'acte, passage à niveau,
passage obligé, passage de relais,
passage clouté, transmission,
lieu de passage, passage d'un livre,
passage des animaux.

PASSAGE SECRET

Lieu connu du plus petit nombre, porte dérobée, galerie souterraine, échappatoire ou réunion occulte, sacrifice, hiéroglyphe, tunnel creusé par un prisonnier pour s'évader ou bien par un voleur pour accéder à la salle des coffres, rendez-vous amoureux illégitime parfois masqué, mythe littéraire qui nous fait traverser le miroir.

PASSAGE PIÉTON

Anciennement passage clouté, indique en zone urbaine la traversée des usagers en toute sécurité quand ceux-ci respectent la couleur du feu et du petit piéton lumineux.

PASSAGE À L'ACTE

Il se situe entre la cause et l'effet, je pense à toi, je te fous une baffe, tu as mal. Passage du désir au plaisir, de l'auteur à l'acteur, du coq à l'âne. Très perceptible dans *Psychose* d'Alfred, on se rend compte que le passage à l'acte n'est pas toujours de bon aloi. Dicté par des sentiments multiples et contradictoires, le passage à l'acte peut être le pire ou le meilleur.

PASSAGE À NIVEAU

Attention un train peut en cacher un autre, très dangereux pour les quatre bonnes sœurs dans la 2 CV. Point de non-rencontre entre une automobile et un train lancé à grande vitesse. Le passage à niveau intellectuel c'est le moment où tu comprends quand la diapo se met en place. Ne pas confondre avec le passage animaux.

PASSAGE OBLIGÉ

Le passage obligé n'est pas un passage obligatoire, ni le service militaire des sentiments. On peut dire que c'est là où ta nature t'attend. La visite médicale de l'humanité, le thermomètre du genre humain, le cabinet noir du subconscient, c'est le téléphone rouge en pleine guerre froide. Le bikini sur une plage des mers chaudes.

PASSAGE DE RELAIS

Transmission. Instant où les Français perdent le 4 x 100 m dans les grandes occasions, continuité de la vie, survie de la race, Moïse remet les Tables de la Loi en mains propres et Ponce Pilate se les lave, passage de relais.

NOS SOUVENIRS DE PASSAGE

MARC : Te souviens-tu du passage dans *Easy Rider* où sur leurs choppers Harley ils avaient l'air heureux quand surgirent des rednecks en pick-up qui leur réglèrent leur compte avec un fusil de chasse ? Ma tristesse fut totale, j'avais douze ans.

CYRILLE : Oui, je m'en souviens très bien, cela m'avait aussi beaucoup choqué ! Te souviens-tu du passage dans *Le Corniaud* où Louis de Funès pulvérise la 2 CV de Bourvil ?

MARC : Oui, j'avais beaucoup ri, j'aime beaucoup de Funès !!! Et toi, te souviens-tu du passage dans *La Nuit de l'iguane* quand les rives du fleuve, par un jeu d'ombres végétales sous le spot lunaire, nous plongent alors dans un songe ténébreux et magnifique ?

CYRILLE : Non pas du tout, ça devait être *La Nuit du chasseur*.

POLAROID®

Technique photographique instantanée qui se développe toute seule par un phénomène chimique d'apparition divine et donne naissance à une photo unique même ratée. Utilisée par les plus grands artistes comme par les « qui va là » ou bien les « tout-venants », elle connaîtra un succès mondial.
Petite usine photographique portable, le pola pour les intimes permet de se déplacer vers n'importe quel objet pour un shooting. Ce petit laboratoire astucieux et révolutionnaire ambulant vous accompagne de la prise de vue au développement, jusqu'au tirage sur papier de la photo que vous aurez dans les mains quelques minutes après. Il est utilisé aussi pour tester la lumière, il est le Rantanplan de l'ombre de Lucky Luke et reste néanmoins le meilleur ami du photographe.
Après la demi-mort du vinyle, nous avons le regret de vous annoncer la disparition brutale du Polaroid®, l'énergie débordante du numérique marque ainsi le début de la Polaroend. Comme la myxomatose a plombé le lapin de garenne, ils ont inventé la touche *No red eye*.

P

PREMIERS CERCLES

Marc photographie et triture avec ses collages en grande majorité les gens qu'il aime, ceux qu'il admire, personnages privés ou publics.
Ses premiers cercles. Il reprend ainsi la tradition des anciens, leur tire le portrait, et ceux-ci entrent dans un nouveau cercle intime, ils deviennent les complices de sa vie en Polaroid®, un nouveau jardin secret très visuel, un nouveau lien.
Tout sauf virtuel. Ce n'est pas le nombre qui compte. Pour certains, comme Tony Gatlif, Marc a créé un opus complet lors du tournage du film *Liberté* car il y connut d'intenses moments de vie, d'autres n'ont eu droit qu'à une seule image.
Marc raconte : « Un jour, j'ai croisé Patti Smith, je n'ai pas osé prendre la photo. J'en ai pleuré, j'étais super ému par cette femme si forte et si frêle. J'ai couru dans ma boîte crânienne, j'ai saisi un Polaroid® encadré, une ombre avec vélo par terre et antivol en noir et blanc contour bleu de 2006, j'ai dévalé les six étages de mon immeuble à pied et, à ma stupeur, elle était toujours là. Attablée avec une femme devant l'hôtel Regina. Je lui ai donné mon cadeau, elle m'a remercié en me signant sa boîte d'allumettes.
J'ai demandé à mes copains qui ont assisté à la scène si j'avais eu l'air ridicule. Ils m'ont confirmé que oui. Vraiment.
J'ai souri. Dans ma tête, sur ma platine spécial vinyle, j'ai posé le 33-tours de Patti, j'ai baissé le diamant au début de la chanson *Horses* et j'ai fermé les yeux. J'ai pensé en vrac au premier président noir américain, au piano de George Harrison, à la Vénus de Milo, à une boîte aux lettres, à mes enfants, à ma femme et là, j'ai rêvé à tous ceux que l'on regrette, et en une seconde je me suis dit : ce sont les mêmes que ceux qu'on aime. Juste ils sont morts. » Baissez le rideau. CP

M LAVOINE 2012
Papa
Lucien Lavoine.

love

MARIE
Pola Marie

M. LAVOINE 2007
Pola - Juliette

Polaroid - Roman Milo & Self
DAVID Hockney
Polaroid collage

MICHEL

FUJIFILM
Polaroid Jean François B.

Roman et Françoise

ANNE

Sarah et Malgo Final SHOT ©

Tess et Roman in USA shirts.

Roman

Benoît cap Ferret 2012

FUJIFILM
PHOTO-PHOTO

Photomaton

Parlophone
POSTAGE
Cato

Emmanuelle

Victor

WARHOL
Bacon

Roman
ROMAN.

tess

POLA
Les ENFANTS
MLAVOINE 2007

SARAH
MLAVOINE 2008

Pola · YASMINE ·

SELF

Papa Marc Lavoine.
Lucien Lavoine

maman ° MARCLAVOINE
Micheline Collin

Q

QUESTIONNAIRE DU DÉSIR D'APRÈS MARCEL P.

QUEL EST LE PRINCIPAL TRAIT DE CARACTÈRE DU DÉSIR ?
Tenace et mystérieux.

QUEL EST LE PRINCIPAL DÉFAUT DU DÉSIR ?
L'égoïsme.

QUELLE EST L'OCCUPATION PRÉFÉRÉE DU DÉSIR ?
Vous laisser mijoter toute votre vie... à feu doux, thermostat 4.

QUEL EST LE RÊVE DE BONHEUR DU DÉSIR ?
Réussir son coup.

QUEL SERAIT SON PLUS GRAND MALHEUR ?
Le dégoût.

QUEL EST LE PAYS DU DÉSIR ?
L'Empire des sens.

QUELLE EST LA COULEUR DU DÉSIR ?
Le noir.

LE CINÉASTE DU DÉSIR ?
Luis Buñuel.

LE POÈTE DU DÉSIR ?
Charles Baudelaire.

LES HÉROS DE FICTION DU DÉSIR ?
Adam et Ève.

LE COMPOSITEUR DU DÉSIR ?
David Bowie.

LE PEINTRE DU DÉSIR ?
Henri de Toulouse-Lautrec.

LE SCULPTEUR DU DÉSIR ?
Auguste Rodin.

LE PHOTOGRAPHE DU DÉSIR ?
Nobuyoshi Araki.

L'HÉROÏNE DU DÉSIR DANS L'HISTOIRE ?
Jeanne d'Arc.

COMMENT AIME MOURIR LE DÉSIR ?
Le désir aime mourir de plaisir.

QUEL EST LE RÊVE DU DÉSIR ?
La réalité.

LA DEVISE DU DÉSIR ?
Chacun la sienne.

LA VERTU DU DÉSIR ?
Il donne des ailes.

QUELLE EST LA BOISSON DU DÉSIR ?
L'élixir.

QUELLE EST LA LETTRE DU DÉSIR ?
Le Q.

13e ARR^t
RUE PIRANDELLO
STO
THE
MADNE

R

RÊVE
Comme tous les chemins conduisent à Rome, les rêves de l'homme mènent à la femme. Le rêve est une forme d'évaporation de la conscience, un rendez-vous avec ses désirs, un espace intermédiaire entre le réel et l'impossible. Le rêve est la projection privée d'un film dont on est l'auteur, le metteur en scène, l'acteur principal, le spectateur et le projectionniste, le tout en temps réel. Les séances ne sont pas permanentes. Le rêve permet de franchir les interdits, mais le revers de sa médaille c'est l'usine à blues.

REGRETS ÉTERNELS

Sid Vicious
Ma grand-mère paternelle
Malcom McLaren
Pacadis
Jean-Michel Basquiat
Fela
Andy Warhol
Georges Perec
Mes parents

S

SACRÉ
Appellation d'origine contrôlée distribuée partout à travers le monde par nos aïeux. Zone de contact où la morale et le spirituel s'épousent pour le meilleur et pour le pire.

N'est-il pas l'heure
de vous abonner ?
collage 2011
private collection
offerte avec un abonnement de

SID VICIOUS

Je l'avais rencontré lors de mon premier voyage à Londres grâce à Malcom McLaren. C'était une vraie tête brûlée, gravement brûlée. Sa mère était à moitié folle et l'autre moitié dealeuse d'héroïne. Pour le moment il croupissait en taule, accusé d'avoir tué sa sinistre gonzesse, Nancy. Tout le monde l'avait pourtant mis en garde. Arrête, elle va te ruiner la vie, c'est un suicide déguisé de sortir avec cette fille. Sid ne voulait rien savoir, il préférait s'enfoncer, se défoncer avec elle. « De toute façon, je suis mort dans six mois. » *Death is a star,* chantaient les Clash. On s'était très bien entendu à Londres, on ne rêvait que de mourir, éclusant des Murphy's jusqu'à plus soif. Très proche sur l'instant, de fabrication opposé sur le fond. Lui, pur produit du prolétariat postindustriel anglais, moi pur produit de la gauche caviar, *same shit different color.* Il écarquillait les yeux, penchait la tête, tremblait, provoquait son monde, peau vert pomme et cheveux noir corbeau, une chaîne autour du cou munie d'un cadenas dont il avait jeté la clé. Il se faisait peur, la peur est la cousine germaine de la mort, comme la drogue. C'est lui qui inventa le pogo, il en avait trouvé le nom et l'idée en voyant les kids sauter pendant les concerts. J'adorais sa version de My Way, même Paul Anka a salué sa mouture. C'était gonflé. Que s'était-il passé dans cette satanée chambre du Chelsea Hotel ? L'oiseau de malheur Nancy Spungren avait été retrouvé poignardé dans la salle de bains, il avait dépassé les bornes, anti-route 66. J'avais conditionné mon premier voyage à New York, visite obligatoire au pénitencier. Étant mineur, Andrée devait m'accompagner. Elle a accepté comme une mère qui n'en peut plus au 322e tour de manège du Jardin d'Acclimatation ! Après le passage de multiples portes en différents matériaux inviolables, un maton patibulaire nous a fouillés. À côté, un pitbull c'était Bambi ! On a vidé nos poches, plus aucun repère avec le monde libre : plus de montre ni de carte de crédit. Andrée m'a attendu au milieu d'une forêt de baobabs en uniforme. Dans le couloir qui menait au parloir, la lumière était si blanche, presque bleue comme la flamme d'un fer à souder. Sid a été surpris, j'étais son unique visiteur, il ne savait pas qui il retrouverait. Mon visage lui a remis les idées en place. Il a souri. On a échangé quelques mots au téléphone, entrecoupés de silences, assis face à face, de part et d'autre de la vitre blindée. Je le voyais si mal, sevré à l'arrache. C'était *no more show,* plus de déguisement, plus d'épingle à nourrice, plus rien. Il était là dans son costume orange criard, il n'était plus le mec arrogant, mais un petit moineau mouillé et apeuré. Il risquait vingt ans minimum. La notoriété des Sex Pistols l'aidait pour le choix de ses codétenus mais aggravait son cas, car le procureur pensait qu'il aurait dû donner l'exemple.

Un comble pour un punk !

Cherchez l'erreur ! CP

NO
Future

et après
TROUBLE

SEX PISTOLS
GOD Save THE QUEEN
SEX PISTOLS

LONDON
Peel off the print from the corner diagonally as shown.
図のように角からななめにはがしてください。
on Acker
rkais.

GOD SAVE
THE QUEEN
ure
LAVOINE
MARC ©.
ARAKI
teurs sceptiques, le domaine confirme que les

S

STATUES

Comme je vous l'ai dit, ces appareils photo à tendance archaïque exigent une immobilité absolue du sujet à photographier, sauf si l'on recherche un effet psychédélique immaîtrisable ! Les statues, ces statiques œuvres d'art, se sont donc imposées comme des clientes modèles. Elle au moins, ne se plaignent jamais du froid, se moquent de la neige et s'amusent avec les éléments. Un point très positif pour notre preneur de Polaroid®. On notera son net penchant pour les femmes statues.
Certaines sont juste vêtues de tags douteux, insuffisants pour atteindre leur moral, parfois d'acier. Quel homme n'a pas rêvé de danser dans les bras d'Aphrodite ou de l'une de ses amies quand soudain elle se figerait dès l'apparition de l'ombre d'un témoin ? Le fantasme de la statue rêvant de se carapater, elle quitterait son socle en courant, a été merveilleusement conté par nombre d'artistes dont le grand Charles Trenet. On ne peut pas parler de ces créatures de si belle facture sans évoquer la main du sculpteur, leur papa domptant le caillou à coups de burin et au millimètre. Ce talent en voie de disparition sait rendre la pierre légère comme l'air, les étoffes et les froissés plus vrais que nature. La sculpture est une image figée dans son environnement puis elle est piégée sur la pellicule magique de Marc. Il leur rend hommage à sa façon, en les noyant dans ses émotions picturales. Là commence son travail de fourmi dans la boîte crânienne : peindre, gratter, coller ou découper au service de cette démarche artistique dont la dignité, l'abnégation, la modestie et la sincérité sont les fondations. Constantin Brancusi, génial artiste roumain, disait : « Les choses ne sont pas difficiles à faire, ce qui est difficile c'est de nous mettre en état de les faire. » CP

mes
venus

Venus Graffitis
New York

Pola et peinture Blanche ente Pastel jaune et Bleu

Venus Liberté

Pola peinture 2011 (M)

Faux Pola

Venus dessiné sur Pola SX70 (M)

Venus à Londres
Beatle Mania

Pola et peinture

Venus Rose,
Psyché

Venus ailée
avec ticket

T

TRAITEMENTS PARTICULIERS

Après sa moisson de glaneur curieux, l'appareil métal et faux bois en bandoulière, Marc se réfugie dans la boîte crânienne. Là, sur sa table, il balance son magot et son œil de lynx opère un tri rigoureux dans sa pile, parfois fatal : direct à la corbeille pour certaines, avant de décider lesquelles se verront offrir ses traitements particuliers. Ce choix est déterminé par le niveau de bavardage de certaines images. Marc avec sa patte délicate mate les plus insolentes à coups de pinceau gorgé d'encre de Chine, les plus violentes sont neutralisées en leur insufflant sa vision d'une forme de calme et de sérénité. Parfois, au contraire, il réveille le fond des plus molles, les plus timides ou les plus endormies sont secouées, en envoyant en ordre de bataille trois régiments de couleurs primaires, le rouge, le jaune et le bleu. Cet apport d'attention supplémentaire ne crée aucune chronologie affective, Marc les aime vraiment, toutes autant, les vierges ou les très travaillées. Certaines séries comme « Exquis postérieur » ont échappé à cette opération commando des plus pacifiques. Elles se suffisent à elles-mêmes sans une once de vulgarité. À la fin de cette dure journée de travail, Marc se lève pour sortir mais, en regardant la corbeille à papiers, il a une pensée pour les recalées, celles qui ne reverront jamais le jour. Plus jamais dans la lumière. CP

1
so
ét
de

Collage et Peinture
Cette histoire est comme les autres.
Sauf que c'est votre Histoire

Cet homme est
un homme magnifique

Polaroid collage Juillet
PRIVATE COLLECTION Juillet.
Pablo in France 2012 ©
CAP FERRET ©
Polaroid Collage

Polaroïd collage Peinture
Private Collection France
CAP FERRET
Roman in France 2012 ©
Courrier international
Sport et argent
L'amour fou !
Le Monde diplomatique
La dette, quelle dette ?
En Chine, la vie selon Apple
PHOTO.
CAP FERRET

Sticky Pictures Cap Ferret.

Vincent

ISABELLE
P
LE DIABLOTIN
RAMONE EN 5 MINUTES
LINGE SOUPLE ET DOUX
Soupline
RINÇAGE IDEAL POUR ASSOUPLIR TOUT LE LINGE
Retour à Paris
Tempo
plaisir d'écrire 2,50 F
27 Juillet
York et Cologne.
difficile n'est pa
d'être toujo
la gale
viennent
'est faite p
oreux phot
uefois les p
isseurs, ca
Elle assure
photograph
ce qu'auc
reste se
aujourd'hui?
aux
restera
les galeries
ac sur
Ce
l'ont
alerie
ès mesures… C'est normal.
peut aussi être une bonne déco. Il ne s'agit
aphie, on doit vivre avec
rencontrent
de l'air

T

TEMPS

Unité de mesure qui nous dépasse. Tout a été dit sur lui alors que tout reste à déterminer. Le vent souffle, la pluie mouille, le temps s'écoule et ne s'arrête jamais. On peut se raconter ce que l'on veut, il veille au grain du sablier. Même le compte à rebours est une illusion. Tel le Téflon, le temps n'attache pas, ne s'attrape pas, la parfaite définition de l'insaisissable. Comme disait l'oncle Ben's, il ne colle jamais mais il en manque toujours un peu. Le temps court même à sa perte. Quand tu penses l'avoir semé, il te rattrape. Quand tu veux le perdre, il te retrouve. Même si certains essaient d'en retenir les effets, il glisse entre les doigts comme savon en douche.

TRIBU

Bande de gens qui dansent la même langue et qui s'entendent suffisamment bien pour vivre sous la tente.
Bono et Sting sont venus à leur rencontre pour organiser des méga-concerts de charité dont la tribu présidentielle dégoulinait d'huiles.
Chez les Pygmées, le chant traditionnel est la hutte finale empruntée aux généreux communistes. Certains ont été mis en réserve afin d'obturer totalement le trou de mémoire béant de l'histoire.
Les réducteurs de têtes inventèrent aussitôt le bagage accompagné.
Certaines tribus en mouvement sont rejetées hors les villes.
Synonyme de tribu : le prix à payer.

U

V

UNIVERS

Espace illimité truffé de troublants trous noirs, antimatière et tutti quanti, dont notre planète fait partie.
Chaque petit homme ici-bas possède dans sa boîte crânienne les outils nécessaires à la fabrication de son propre univers. Selon l'utilisateur, ce petit travail intérieur frôle le miracle dans certaines conditions. Pur bloc d'imagination, entre l'impalpable et le perceptible, les résultats sont contrastés, de l'ignominie à la merveille absolue.

VALEUR

Mot à la mode utilisé pour sauver le poisson de la noyade. Montre-moi tes valeurs je te dirai qui te suit de près. Les valeurs, fonds de commerce des bien-pensants, sont très précises lorsqu'il s'agit du prix à payer et très floues dès lors qu'elles incarnent la morale et l'application de celle-ci au quotidien. Les valeurs boursières tels le CAC 40 ou le Dow Jones sont aussi abstraites que concrètes. Comprenne qui pourra.

VILLE

Jungle artificielle se divisant en trois catégories : les propriétaires, les locataires et les autres. Mégalopoles cernées d'aéroports, bourrées de gares, truffées de caméras, infectées de pharmacies et de dealers, gruyérisées par les subways automatisés, dont les murs affichent une vraie mauvaise humeur politique et un goût prononcé pour le nouveau camembert Président.
Accrochage métallique, klaxons hystériques, scooters funambules, lâchers de vélocipèdes, taxis lumineux, bus éléphants. Les citadins filent aux bureaux et la ville court à sa perte.

V

VOYAGES

À une époque où des milliards de dollars parcourent six fois le tour du monde en une journée, le mot voyage sonne presque désuet, d'un autre temps. Ça sent la malle-cabine. Dans ce monde où le virtuel, l'automatisation généralisée et la vitesse virent à l'obsession, Marc, lui, s'encombre en plus d'un appareillage exigeant et de nature un peu ingrate. En effet, il n'y a que dix photos par cartouche de pellicule, une torche est indispensable pour l'utiliser la nuit et, aussi, un sujet strictement immobile s'impose sinon la menace du flou est tenace. Pendant ces moments-là, il a redécouvert avec une certaine délectation les joies de la lenteur, les contraintes facultatives et le calcul mental, question réglage du matériel. Tout à la main. Le preneur de Polaroid® en voyage dans des contrées, lointaines ou pas, doit apprendre à se débrouiller avec les moyens du bord. Marc utilise des pigments de toutes sortes, des morceaux d'articles pris dans la presse locale et quelques timbres anciens afin de clore la liste des ajouts potentiels. Même si l'auteur n'est jamais à l'abri d'une surprise régionale. De retour dans son périmètre, avec les siens, Marc rapporte des échantillons de vies, de pays, de lumières et de couleurs qui resteront gravés à jamais sur son disque dur et se transformeront en nourriture pour son esprit, l'une de ses sources intarissables d'inspiration. La boucle est bouclée. GP

DEPARTURES
® Ksarmasa
MAROC | SUNSET BOARDING
PAS POUR L'AVOIR
PRIVATE COLLECTION
DÉSIR DEPARTURES ®

OFFICE

ASIA
Tribune

Hong Kong
BUSINESS CLASS

DANGER
SWIMMING PROHIBITED
The boat people

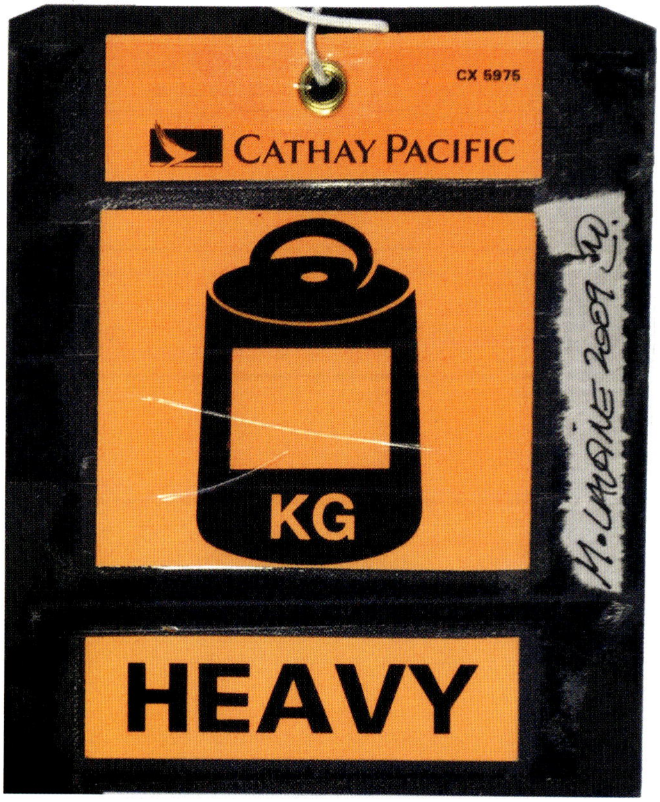
CX 5975
CATHAY PACIFIC
KG
HEAVY

LAVOINE/MARC
HONG KONG

M LAVOINE 2009
HONG KONG
LAVOINE/MARC

M LAVOINE 2009
閘口 Gates 1-61
閘口 Gate 62
閘口 Gate 63
洗手間 Toilets
航空公司貴賓室 Airline lounges
LAVOINE/MARC
4FEB09

M LAVOINE 2009
BALI

la
M LAVOINE LA 2009
LOS ANGELES

U.S. POSTAGE
FIVE DOLLARS
LoveLove

USA $1
LIFE

U.S. POSTAGE
LIFE

Los Angeles

Los Angeles
A Woman

LIFE

TIME

★★★½
HOLLYWOOD
TIME

HOLLYWOOD.COM
Los Angeles

POISSON PICINE

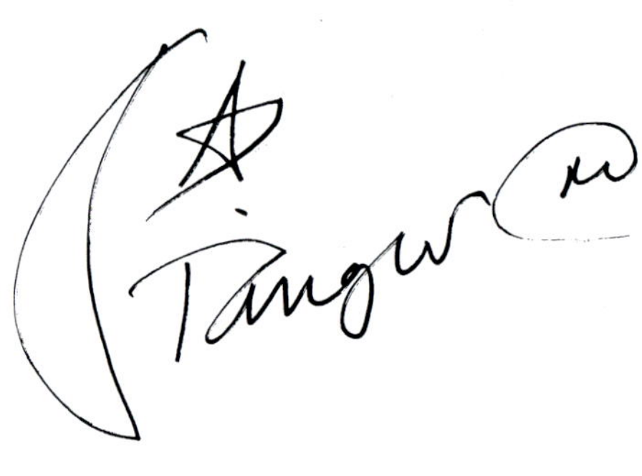

Piscine Hotel tanger

REPUBLIK INDONESIA
RP.1,50
REPOEBLIK
MERDEKA
DJOKJAKARTA
6 DJULI 1949
10s
INDONESIA
Sunset Bali

indonesia
Bali 201

POS UDARA EXPRES
40s
REPOEBLIK INDONESIA
bali -

indonesia
2008
8/10
Gaku-Biwa
2500
5000
Greeting Stamp
INDONESIA
Bali

RP.3.-
Senoratari Ramayana - Ramayana Ballet
REPUBLIK INDONESIA
POS UDARA
20s
REPOEBLIK INDONESIA
STAATSDRUCKEREI WIEN

RP.1.50
Senoratari Ramayana - Ramayana Ballet
REPUBLIK INDONESIA
POS UDARA
30s
REPOEBLIK INDONESIA
STAATSDRUCKEREI WIEN
SCHROM
Bali

40 sen
Senoratari Ramayana - Ramayana Ballet
REPUBLIK INDONESIA
Self on the beach

PARIWISATA 1968
RP.30,-
REPUBLIK

REPUBLIK
2s
INDONESIA
FOOD PEOPLE PRAYING

REPUBLIK
5s
INDONESIA
REPOEBLIK
INDONESIA
REPUBLIK
INDONESIA
REPUBLIK
1s
INDONESIA
Bali

REPOEBLIK
1s
INDONESIA
REPOEBLIK
40s
INDONESIA

50 Sen
REPUBLIK INDONESIA
Balinese woman on the beach.

Indonesia
2008
2500
To-ji Temple
INDONESIA-JAPAN
JOINT STAMP ISSUE
4/10
Indonesia
2008
Angklung
Bali

RP.6,00
REPUBLIK INDONESIA
REPOEBLIK
10s
INDONESIA
Conefo
6,-+4,-
REPUBLIK INDONESIA
Bali

EXPRES
15s
REPOEBLIK INDONESIA
bal. Bleu.

W

WESTERN

Style de film américain où John Wayne ne meurt jamais, quand Cocheese et Geronimo y laissent régulièrement des plumes. Conquête de l'Ouest en passant par le nord, le sud et l'est visant à l'éradication dans le calme et dans le sang de l'ensemble de la race indienne.
De *La Chevauchée fantastique* à *L'Homme aux colts d'or*, de *Fort Alamo* à *L'Homme qui tua Liberty Valance*, de *Rio Bravo* à *La Horde sauvage*, le western a assuré grave. Il devient politique avec *Le Soldat bleu*, *Little Big Man* et va se manger un gros plat de spaghettis dans les années 1970 avec Sergio Leone.

X

X

Sorte de diminutif universel à géométrie variable. En mathématiques, c'est l'inconnu ; au cinéma c'est du porno. Quand il donne son nom à un crochet, il aide à pendre une œuvre au mur d'un photographe X. Quand il est rayon, il espionne l'intérieur de vos bagages sans les ouvrir. On peut naître sous X et porter plainte contre lui pour X raisons.
Le X permet aussi de nommer une période dont on a oublié la durée.
Exemple : « Je la connais depuis X années, aujourd'hui c'est mon ex. »
Le X est toujours la dernière lettre du nom des Gaulois. Il est aussi le chiffre 10 romain et vaut dix au Scrabble.

Y

YOYO

Petit jeu qui rend fou et en même temps vous aide à passer vos nerfs ; il y a même quelques fondus qui organisent des championnats du monde de yoyo. Le mot yoyo est aussi un adjectif qui décrit une situation instable, vacillante, de haut en bas. Une expression fondamentale de la langue française dit à propos de quelqu'un qui est devenu fou : « Il y a un moment que le yoyo a quitté la ficelle. »

Z

ZOO

Tentative de vie sauvage en captivité organisée par l'homme au milieu des villes, tel un train électrique géant trônant dans la chambre d'un enfant gâté. Cet étrange jardin permet aux riverains et à leurs rejetons de traverser leurs rêves africains en toute sécurité sauf quand un lion pète un plomb, obsédé à l'idée de se farcir un client. Le zoo est une collection parfois privée d'animaux en voie d'extinction, une sorte d'hologramme de la savane.

la Pointe

LÉGENDES

Pages 8-9 : reconstitution de l'appartement de la rue de Rivoli avec Milo (photographie © Patrice Renard), 2012.

Page 13 : *Dessin tête de mort*, exercice autour de Jean Dubuffet, Polaroid® et peinture, 2007.

Page 14 : Cyrille Putman avec des menottes et damier sur une table lumineuse, Polaroid® et collage, 2009.

Page 15 : Roman à Los Angeles dans la maison de George Harrison, Polaroid® et collage, 2009.

Page 17 : *Self*, faux pola et collage, 2007.

Pages 18-19 : *Cover*, Polaroid® et peinture, 2007.

Pages 20-21 : *Self*, Polaroid® et peinture, 2007.

Page 22 : en haut, *Instant Black & White*, self reflet, Polaroid®, collage et peinture, 2007 ; en bas, *Self*, Polaroid® et peinture, 2009.

Page 23 : en haut, *Self-service*, Polaroid®, collage et peinture, 2007 ; en bas, *Self*, Polaroid® et peinture, 2009.

Pages 27-31 : la boîte crânienne (photographie © Patrice Renard), 2012.

Page 27 : sur les billets de banque, David Bowie et John Kennedy (photographies © D.R.) ; en bas, couverture du livre de Mona Kuhn paru chez Steidl.

Page 33 : photographie © Patrice Renard.

Pages 34-35 : photographie © Alex Lagardère.

Pages 36 : carnet réalisé durant l'enregistrement de Volume 10, à Los Angeles, peu avant l'élection de Barack Obama, Polaroid®, collage et peinture, 2008.

Page 37 : carnet du Cap-Ferret, Polaroid®, collage et peinture, 2010-2011.

Pages 38-39 : *L'Homme de l'année* et autres Polaroid® et collage sur carnet, 2012.

Pages 40-45 : carnet du Cap-Ferret, Polaroid®, collage et peinture, 2010-2011.

Pages 40-41 : *Elle est tout pour moi*, Polaroid®, collage et peinture, 2010.

Page 42 : en haut, portraits d'Arthur Rimbaud, de Boris Vian, Virginie Despentes, Lénine (photographies © D.R.) ; en bas, portraits de Mick Jagger et Claudia Cardinale (photographies © D.R.).

Page 43 : en haut, portraits de Barack Obama, Mick Jagger (photographies © D.R.) ; en bas, portrait de François Mitterrand (photographie © D.R.).

Page 44 : Polaroid® et collage sur carnet, 2012.

Page 45 : John Travolta (photographie © D.R.).

Pages 46-47 : boîtes Polaroid®, collage et peinture, 2008-2009 (photographie © Patrice Renard).

Page 49 : portrait de Monica Vitti (photographie © D.R.), boîtes aux lettres, Polaroid®, collage et peinture, 2012.

Page 50 : planche de Polaroid® *Mon scénario*, Polaroid®, collage et peinture, 2008.

Page 51 : Tony Gatlif et Véra Obolensky, la Princesse « Je ne sais rien » (photographie © D.R.), Polaroid® et collage, 2008. À propos du tournage de *Liberté* : « En l'absence de scénario, je me suis construit mon propre storyboard. »

Page 53 : *Self and John Cassavetes*, Cap-Ferret, Polaroid®, collage, peinture, 2012, (photographie John Cassavetes : © D.R.).

Page 55 : variations sur le thème de la *Vénus de Milo*, dollar, Polaroid®, collage et peinture, 2011.

Page 56 : dollar, Polaroid®, collage et peinture, 2012.

Page 57 : autoportrait, dollars, collage et peinture, 2010 à 2012.

Pages 58-59 : portraits, dollars, collage et peinture, 2010 à 2012.

Colonne 1 : Joe Frazier, Sophia Loren, Cary Grant, John Kennedy (photographies © D.R.).

Colonne 2 : David Bowie, Charles de Gaulle, John Wayne, Elvis Presley enfant (photographies © D.R.).

Pages 63-69 : série « Les Fesses », Polaroid®, 2010.

Pages 71-73 : Claude Berry (photographie © AFP), mains de Paul McCartney (photographie © D.R.), Sophia Loren (photographie © David Seymour), Elvis Presley (photographie © D.R.), Lauren Hutton (photographie © Ruphin Coudyzer). Série de collages réalisée depuis la disparition de Claude Berry jusqu'à 2012.

Page 75 : portrait d'Emmanuelle Alt à Murtoli et Jodie Foster dans *Taxi Driver* réalisé par Martin Scorsese (photographie © D.R.), en Corse, Polaroid® et collage, 2011.

Pages 76-77 : portraits, Cap-Ferret, Polaroid®, collage et peinture, 2012.

Pages 78-79 : *Black Power*, portrait de Sandrine, Polaroid® et peinture, 2007.

Page 80 : fleurs sur la table de l'appartement rue de Rivoli, Polaroid® et peinture, 2007.

Page 81 : *Berlioz*, collage et peinture, 2012.

Page 83 : variations sur le thème de la *Vénus de Milo*, Polaroid® et peinture, 2011.

Page 85 : portrait *Cyrille Putman et l'œil*, Polaroid®, 2011.

Page 86 : portrait de Patrice et affiche sur une vitrine de la rue Saint-Honoré, Polaroid® et peinture, 2007.

Page 87 : portrait d'Adil sur la rue Saint-Honoré, Polaroid® et peinture, 2007.

Page 88 : portrait de Marco devant la vitrine de Colette, Polaroid®, collage et peinture, 2007.

Page 89 : portrait de Simon Lavoine, Polaroid® et peinture, 2009.

Page 91 : collage et peinture, 2012.

Page 93 : pieds aux ongles vernis de Coco Khalfon, Polaroid®, 2009.

Page 95 : réverbères de la rue de Rivoli, Polaroid® et peinture, 2009.

Page 96 : *Je pense à Diana*, vue nocturne sur la place Vendôme, Polaroid® et peinture, 2007.

Page 97 : *Nuit rouge*, vue nocturne et feux de circulation sur la rue de Castiglione, Polaroid® et peinture, 2007.

Page 98 : le mur de Serge Gainsbourg, rue de Verneuil, Polaroid® et peinture, 2009.

Page 99 : *The Queen*, hommage à la ville de Londres, Polaroid®, collage et peinture, 2007 ; en haut, Elisabeth II (photographie © D.R.).

Page 100 : en haut, boîte aux lettres, hommage à mon père ; en bas, détail de la vitrine Chanel, Polaroid® et peinture, 2007.

Page 101 : en haut, *Interdit* ; en bas, *Paris Taxi*, Polaroid® et peinture, 2007-2008.

Pages 102-103 : vue nocturne sur la grande roue du jardin des Tuileries, Polaroid® et peinture, 2011.

Page 104 : flou Los Angeles, hommage à la photographe Mona Kuhn, Polaroid®, 2009.

Pages 107-109 : série « Les Madones », Polaroid® et peinture, 2012 ; Sarah et Roman, Polaroid® et peinture, 2007.

Page 110 : portrait Cyrille et Andrée (photographie © D.R.).

Page 111 : portrait de ma mère avec Roman, Polaroid®, 2010.

Page 113 : *Femme sous influence*, Gena Rowlands (photographie © D.R.), Polaroid®, peinture et collage.

Page 115 : *Si la Terre était une femme*, néon réalisé par Erick Hélaine d'après un dessin de Marc Lavoine, 2011.

Pages 116-117 : gros plan sur les marguerites de l'artiste Claude Levêque, Polaroid® (© Adagp, Paris, 2013).

Pages 118-119 : *Si la Terre était une femme*, néon réalisé par Erick Hélaine d'après un dessin de Marc Lavoine, 2011.

Page 120 : enseigne du café Jean Nicot, du nom de l'importateur du tabac en France, également ambassadeur de France au Portugal, Polaroid®, 2009.

Pages 123-129 : *À l'ombre de moi-même*, série d'autoportraits, Polaroid®, 2007 (page 126 en bas à droite, colonne de Buren : © Adagp, Paris, 2013).

Page 128 : à droite, ombre à Marrakech, hommage au peintre et photographe David Hockney, Polaroid® et peinture, 2008.

Page 129 : à gauche, ombre, hommage au peintre Piet Mondrian ; à droite, ombre sur un bloc électrique recouvert de tags, Polaroid® et peinture, 2007.

Page 133 : portrait de Lucien Lavoine, Polaroid®.

Page 134 : *Love*, Maroc, Polaroid® et peinture, 2008.

Page 135 : portraits, Polaroid®, collage et peinture, 2007-2012.

Page 136 : portraits, Polaroid®, collage et peinture, 2007.

Page 137 : portraits, Cap-Ferret, Polaroid®, peinture et collage, 2012.

Page 138 : *Photomaton*, Polaroid®, peinture et collage, 2010.

Page 139 : *Home Week*, avec portrait d'Elisabeth II (photographie © D.R.).

Pages 140-141 : portraits, Polaroid®, collage et peinture, 2012.

Pages 142-143 : série de Polaroid® dénudés posés sur une table lumineuse et traversés de morceaux de lustre du Royal Monceau ; portraits de Tess, Roman et Yasmine à Paris, 2011.

Pages 144-145 : portraits de Roman et Tess au Cap-Ferret, Polaroid®, collage et peinture, 2010.

Page 146 : en haut, *Enfants*, portrait des enfants dans le Gers, 2007 ; en bas, *Sarah*, portrait de Sarah à Marrakech, Polaroid® et peinture, 2008.

Page 147 : en haut, portrait de Yasmine à Marrakech ; en bas, *Self*, Polaroid®, collage et peinture, 2008.

Pages 148-149 : portraits de mes parents, Polaroid® et collage, 2012.

Page 151 : Cahier, Polaroid®, collage et peinture (photographie de Carole Bouquet et illustrations © D.R.).

Page 152 : mise en abyme d'une vierge bretonne, Polaroid®, 2010.

Page 153 : Cahier, collage et peinture (illustrations © D.R.).

Page 155 : en haut à gauche et droite, en bas à droite, poupée à l'effigie de Sid Vicious, Polaroid® et collage ; en bas à gauche, travail sur Elisabeth II à partir de la pochette des Sex Pistols, *God Save The Queen*, 2012.

Pages 156-157 : Cahier, *London* et *God Save the Queen*, portraits de Lady Di et Elisabeth II (photographies © D.R.), 2012.

Pages 160-163 : variations sur le thème de la *Vénus de Milo*, Polaroid®, collage et peinture, 2011.

Page 165 : collage et peinture, 2010.

Pages 166-167 : Cahiers, Polaroid®, collage et peinture, Cap-Ferret, 2012 (à gauche : illustrations © D.R. ; à droite : Jean Rochefort dans *L'homme qui a tué Don Quichotte* de Terry Gilliam, photographie © D.R.).

Pages 168-169 : Cahiers, Polaroid®, collage et peinture, Cap-Ferret, 2012 (illustrations © D.R.).

Pages 170-171 : *Sticky Pictures* ; à gauche, portraits de Mère Teresa et Gandhi (photographies © D.R.) ; à droite, portrait de Carole Bouquet (photographie © D.R. et illustrations © D.R.), Cahier, Polaroid®, collage et peinture, Cap-Ferret, 2012.

Pages 172-173 : Cahier, collage, Cap-Ferret, 2012 (illustrations © D.R.).

Page 177 : vue sur la piscine à Marrakech au coucher du soleil, Polaroid®, collage et peinture, 2008.

Pages 178-179 : dans le désert en quittant Los Angeles, caravane et office, et portraits de Marc Lavoine avec le singe Kenzy (photographie © David Gitlis), Polaroid®, 2012.

Pages 180-181 : voyages entre Paris, Hong Kong et Bali, Polaroid® et collage, 2009.

Page 182 : *Los Angeles*, Ford Mustang (illustration © D.R.), Polaroid® et collage, 2009.

Page 183 : *Love Love*, portrait de Sarah à Los Angeles, Polaroid® et collage, 2008.

Page 184 : en haut, Yasmine et Roman à Los Angeles ; en bas à gauche, portrait de Mona Kuhn, maison de George Harrison ; en bas à droite, *A Woman*, Polaroid® et collage, 2009.

Page 185 : en haut à gauche, portrait du directeur artistique Guillaume Depagne ; en haut à droite, l'orgue Hammond de George Harrison ; en bas, détails de vitrines sur Hollywood Boulevard, Polaroid® et collage, 2009.

Pages 186-187 : *Poisson Piscine* et *Piscine Hôtel Tanger*, Tanger, Polaroid®, 2011 (illustration © D.R.).

Page 188 : couchers de soleil sur Bali, Polaroid®, peinture et collage, 2011.

Page 189 : en bas, vue de ma chambre à Bali, Polaroid®, collage et peinture, 2011.

Page 190 : en haut à droite et en bas à gauche, cérémonie religieuse sur la plage Seminyak à Bali ; en bas, *Self*, ombres, Polaroid®, collage et peinture, 2011.

Page 191 : en haut à droite, cérémonie au temple Batukaru à Bali ; en bas à gauche, rizière, Polaroid®, collage et peinture, 2011.

Page 192 : hommes en moto et vue de ma chambre à Bali, Polaroid®, collage et peinture, 2011.

Page 193 : *Bali bleu*, Polaroid®, collage et peinture, 2011.

Page 195 : graffiti d'André Saraiva sur le store du garage Colette, Polaroid®, 2010.

Page 197 : *Rendez-vous*, Cap-Ferret, Polaroid®, collage et peinture, 2010.

En 4e de couverture : mises en abyme de Marc Lavoine par Cyrille Putman, et inversement, Polaroid®, 2010.

Conception graphique, coordination éditoriale et réalisation :
CASSI EDITION
Patrice Renard

Équipe éditoriale Styles

Photogravure :
SOGEC

Achevé d'imprimer en septembre 2013
sur les presses de l'imprimerie Toppan Leefung

Imprimé en Chine
Dépôt légal : novembre 2013